公元787年,唐封疆大吏马总集诸子精华,编著成《意林》一书6卷,流传至今
意林: 始于公元787年,距今1200余年

青春最美,梦想出发
中国式好看轻小说优鲜品牌

图书在版编目（CIP）数据

十二花信·霓裳风华录. 木棉篇：倾世医妃. ① /六月著. -- 长春：吉林摄影出版社, 2018.7
（意林·轻文库. 绘梦古风系列）
ISBN 978-7-5498-3667-3

Ⅰ. ①十… Ⅱ. ①六… Ⅲ. ①长篇小说—中国—当代 Ⅳ. ①I247.5

中国版本图书馆CIP数据核字(2018)第141327号

十二花信·霓裳风华录 木棉篇：倾世医妃①
SHI'ER HUAXIN·NICHANG FENGHUA LU　MUMIAN PIAN:QINGSHI YIFEI ①

著　　者	六　月
出 版 人	孙洪军
总 策 划	安　雅　张　星
责任编辑	李　彬
图书统筹	鹿鸣昔
特约编辑	崔馨予
绘　　图	长　乐
书籍装帧	袁　萌
图书设计	王　春
开　　本	700mm×1000mm　1/16
字　　数	300千字
印　　张	11
版　　次	2018年7月第1版
印　　次	2018年7月第1次印刷
出　　版	吉林摄影出版社
发　　行	吉林摄影出版社
地　　址	长春市泰来街1825号
	邮编：130062
电　　话	总编办：0431-86012616
	发行科：0431-86012602
网　　址	www.jlsycbs.net
经　　销	全国各地新华书店
印　　刷	天津中印联印务有限公司
书　　号	ISBN 978-7-5498-3667-3　　定价：26.80元

版权所有　侵权必究
如发现印装质量问题，请与印务部联系退换，电话：010-51908584

目录

- 001 第一章 初识杨洛衣
- 009 第二章 以牙还牙
- 019 第三章 新解「老佛爷」
- 029 第四章 剖腹救母子
- 043 第五章 雪上加霜
- 055 第六章 共赴天狼山
- 075 第七章 惊现「灵草」
- 091 第八章 解救宋云谦
- 107 第九章 午门救御医
- 119 第十章 再救安然
- 139 第十一章 小菊受刑
- 151 第十二章 「老乡」赠椅
- 163 第十三章 诸葛神医之书

"你竟敢对本王……用这种手段?"宋云谦阴鸷的眸子紧紧地盯住眼前的女人,原本俊美的脸因为愤怒而微微扭曲。他双颊泛着红晕,整个人显得焦躁不安。

而此刻温意的脸色跟宋云谦一样红,眸子里带着奇异而温热的光芒,还有一丝迷茫和疑惑。

温意还没弄清眼前的状况,宋云谦却忽地挥了她一记耳光,力度之大,让温意的意识丧失了三秒钟,然后脸和脑袋火辣辣地疼,疼中带着麻的感觉。

"堂堂侯府的郡主,我宁安王的王妃,竟然……"声音愤怒而冷厉,她愕然地睁开眼睛,那男人俊美的脸上布满狂怒,阴狠的眸子狠狠地锁着她。

本王?什么情况?脑子里忽然像是湖水倒灌一般!

她很清楚地知道自己叫温意,是一名脑外科医生……还有……还有什么来着?怎么想不起来……

温意甩甩头,撑起身子,瞧着眼前暴怒的男子。这里是什么地方?眼前这个男人又是谁?

她下意识地查看周身,没有受伤的痕迹,也没有疼痛的感觉,仿若一场梦。

只是,到底哪一场才是梦?外科医生是梦?或是现在她处于梦中?

下一秒,她的脑袋里突然多了一些不属于她的记忆——眼前的人是位王爷?一名外科医生遇到了一位王爷?这根本就是一场梦吧?这些记忆一定不是她的!但是她现在的心中却感到了深深的绝望,这到底是怎么回事?

温意还没弄清楚是怎么回事,脸上又挨了一记耳光,那男人冷冷地道:"本王让你做正妃,已经是对你莫大的恩宠,你竟还敢设计本王?本王告诉你,就算你用尽心思,本王都不会再看你一眼,在本王心里,只有洛凡,一直都只有洛凡。"

温意此刻莫名其妙地心酸,只能小心地问道:"你……告诉我到底发生了什么事?"语罢还暗自掐了自己一下,没有任何感觉,这是梦!没有痛觉的自己肯定是在梦中!

温意整个人如同死了一般寂冷,全身的血液凝固,呼吸急促起来,她尖叫一声:"啊!"

温意抬眼,恐慌地看着眼前的男人,他身着一套黑色绸缎绣金丝蟒袍,腰间系着金玉腰带,脚蹬黑色羊皮靴子,模样冷酷而俊美,眸光中透出的冷厉之光,仿佛地狱之冰一样冷,且夹杂着莫大的恨意。

他缓步走到她面前,一字一顿地道:"我一辈子都不会原谅你!要是可儿醒不过

来，我一定要你好看！"

温意伸手拉着他，脑子一片凌乱，两个人的记忆不断地冲击着她，她想分辩，却不知道怎么说，只喃喃地道："我不是她，我不是她……"

"洛凡明天就会入门，你若是想保住你正妃的位子，最好安分守己，否则即便母后反对，本王也绝对会休了你！"说完，他眸子森冷地瞪了她一眼，转身拂袖而去。

他刚走，便有一个丫头和一个嬷嬷冲了进来。

那丫头被吓坏了，还是嬷嬷镇定，连忙扯来一条被子盖住温意的身体，带着哭腔道："郡主，您受苦了！"

温意瞧着这两个人，那丫头年纪十四五岁，身穿青色衣裳，模样娇俏，如今正含着眼泪瞧着她。

那嬷嬷年纪在五十岁左右，身穿灰色衣裳，手上不断地收拾着床铺。

温意脑子里出现这两个人的名字，一个是姓陈，是自己的嬷嬷，一个叫小菊，是她身边伺候的丫鬟。

她意识到这份记忆属于她这个身体的主人，只是……这梦真是离奇，要不要咬自己一口直接醒了算了？不不，看看后续怎么发展，反正自己也不用负责任。

温意迅速进入角色，强自镇定地坐起身，对两个人道："不要哭了，我没事，你们去帮我取衣裳过来！"

她的冷静让两个人愕然，陈嬷嬷道："郡主，您要是难过，就哭出来，哭出来好受些。"

温意笑了笑："我有什么好哭的？"

小菊与嬷嬷瞧着她脸上红色的指印，心下黯然，以为温意强装坚强，便也不敢说什么刺激她，连忙伺候她起身。

温意坐在凳子上，双手微微抬起，觉得周身轻盈，心中却有些忧伤，她微微叹息一声，打量着四周。

这屋子装修得极尽奢华，花梨木家具摆放有致，云石地面光可鉴人，两根圆柱上雕着五彩神鸟，栩栩如生。

窗户旁边摆放着一张贵妃榻，用纯白色狐皮铺垫，贵妃榻旁边，摆放着一张茶几，茶几上摆放着一只青瓷花瓶，养着百合，幽香扑鼻，让人心旷神怡。贵妃榻相连着的，是一张大尺寸的妆台，妆台上摆放着几个首饰盒，首饰盒旁边，是一盒盒精致

的脂粉。

温意深吸一口气，闭上眼，慢慢地查看脑海中的记忆：她叫杨洛衣，十八岁的如花年华，有着绝美的容颜，家世显赫，是靖国侯府的郡主，母亲是紫旭国的公主。三岁的时候，她被当今皇帝封为御晖郡主，赐婚三皇子宋云谦，深得皇后的喜爱。

那即将嫁给她夫君的，叫杨洛凡，是她嫡亲妹妹。真是不知道该说什么好了，姐妹俩同时爱上了一个人——宋云谦。

一年前，在杨洛衣嫁给宋云谦做正妃前一天，宋云谦的师妹可儿坠湖昏迷，所有人都指证是她做的，但是，她脑子里清晰地显示，她没有做过。

杨洛衣是被陷害的。

温意正沉浸在自己的梦境中，委实不知，进入这梦境时间越久，她便会渐渐淡忘这是梦，而不是真。

宋云谦因为可儿的事情恨杨洛衣，但是迫于皇帝早下了圣旨赐婚，不得已又娶了杨洛衣。

但是，嫁给他一年了，他连新房都没进过。而自己的妹妹杨洛凡即将嫁入王府为侧妃。所以，被伤透了心的杨洛衣，就设计了这样不堪的办法想以此绑住宋云谦的心。

温意真不知道该说她傻还是说她痴情。这样是不会让一个男人从此就爱上她的。

只是，现在让温意不明白的地方有三个：第一，她梦里为什么会用着杨洛衣的脸而不是自己的？第二，可儿到底是被何人推下湖导致昏迷的，又是谁想要陷害她？

记忆开始不断涌进来，她想起杨洛衣倒地之后似乎恍恍惚惚听到一道声音，好像是对她说了些什么，但是说的什么，却怎么也想不起来。

温意用了整整一夜的时间才算是接受了自己的处境，梦总归要结束的，就当是肆无忌惮一次了。

但是，真实的她，光明磊落，绝不做半点儿伤害人的事情，在这里也不能背着一个推人下湖的罪名。而属于杨洛衣的记忆告诉她，她没有推过可儿下水，这个不管是陷害还是误会，她都一定要弄清楚。

所以，第二日一早，也就是杨洛凡入门的这一天，她偷偷地让小菊带着她去见昏

迷的可儿。

然而，刚踏进可儿的涟漪苑，便看到宋云谦从里面走出来。

她知道此时不宜与宋云谦起冲突，而且宋云谦恨她入骨，这会儿也不会想见到她。所以，她连忙退后两步，躲在梧桐树后面。

"出来！"

他的声音森冷无比，如同他琥珀色冰冷的眸子。

她到底是低估了宋云谦，自她进门他便瞧见了她，见她躲藏，便以为她别有居心，哪里容得她继续躲着？

温意走了出来，站在他面前与他对峙，自然，她不会为自己辩解说她没有伤害过可儿，毕竟，这种话他若是相信，杨洛衣的下场就不会这么悲惨了。

"参见王爷！"她微微福身，该有的礼数没有少。

"以后再让本王知道你出现在涟漪苑，本王就打断你的双腿！"他狠绝地道。

宋云谦穿着一身白色银丝绣飞鹰锦袍，袖口位置微微翻起，绣着细碎的青色竹叶，腰间束着金腰带，颀长的身子傲然挺立，清晨的阳光透过枝叶落在他脸上，如同洒了一脸的金粉。

这样美好的男子，难怪姐妹俩会同时爱上他，只是他对她的态度……

温意咬咬牙，道："我有话与你说！"

宋云谦瞧着眼前的这个女人，绝色，可惜恶毒，一年了，他已经厌恶了她的纠缠和哭啼，除了诉说她对自己的爱意和冤屈之外，再无其他。

而当日，洛凡与丫头都说亲眼看到她推可儿下湖，就算丫头会冤枉她，洛凡与她乃是亲姐妹，也会说谎冤枉她不成？

厌恶到了极点，便是不欲跟她说话。

所以当听到温意有话要说的时候，他冷冷地道："本王与你，无话可说！"说完，他抬脚而去。

温意急急转身看他，却看到清晨阳光下忽然寒光一闪，她惊呼："小心！"

她话音刚落，两道身影从天而降，两个人手持长剑，向宋云谦刺过来，宋云谦急乱中稳住身子侧身避过，剑尖从他腰间掠过，好生危险。身后的侍卫纵身而起，与黑衣人纠缠在一起。

就在此时，一名侍卫忽然在宋云谦身后举剑刺去，脸上带着决绝阴狠之气，温意来不及思考，飞身扑上前，一把抱住那名侍卫，张嘴就咬在他的后背上。

那侍卫反手一扬,剑柄戳在她腰间,温意疼得一口气差点儿呼吸不上来,随即喊道:"快走!"

宋云谦回身,脸上带着诧异的神色,那侍卫已经摆脱了温意,重新持剑向宋云谦袭去,宋云谦冷笑一声,身子凌空一起,长剑在他手中发出森冷的光芒,"嗖"的一声,直接刺向那侍卫。

小菊连爬带滚地冲过来扑在温意身上,惊恐地喊道:"郡主!"

温意坐起身,伸手压了一下被剑柄戳到的地方,疼得几乎要掉眼泪,不是断了骨头吧?

越来越多的侍卫加入战圈,黑衣人眼见不敌,竟用两败俱伤的办法使出狠招冲向宋云谦,长剑飞出,宋云谦身前有侍卫保护着,但是那剑却没入侍卫的身体再刺进宋云谦的腹部。

"王爷!"侍卫们惊叫起来。

温意大吃一惊,连忙忍住痛楚爬到宋云谦和那侍卫身边,所幸,宋云谦的伤口不深,那侍卫已经完全替他卸了剑力。

但是那侍卫就惨了,剑从他的腹部没过,这一招注定毙命,一抹红色闪过,让温意这种并不恐惧血液的人都忍不住闭了一瞬眼睛。她俯下身子查看,轻声说道:"不要怕,我现在先帮你止血。"

她挑起一把剑划开他的衣衫,伤口很大,起码有五厘米。有侍卫递过来金疮药,她愣了一下,随即咬开金疮药的盖子,撒了一些在上面,然后用布条包扎止血。

那侍卫神志不清了,缓缓地闭上眼睛,所幸血止住,呼吸也算正常。

但是,温意知道他的情况并不好,剑身穿过他的身体,肯定伤及体内器官。

早有人扶着宋云谦起身,他伤口很浅,但是依旧在流血。

他瞧了温意一眼,眸光有些惊疑。

但是,他很快就收敛神情,怒斥诸位侍卫:"立刻去查,到底是谁要杀本王!"

"是,卑职马上去查!"一名看衣着像是侍卫首领的男子带着人离开。

宋云谦身边的侍从伸手扶着宋云谦,宋云谦伸手阻挡了一下,道:"请御医没有?"

"回王爷,已经请了!"侍从应道。

皇宫派了一名御医在王府专门照顾王爷,所以王府并不需要外出请大夫。

"本王要他活着！"宋云谦看着那侍卫，沉声道。

温意站起身，她脸上和身上都有血迹，她看着宋云谦安慰道："放心，他没事的！"

宋云谦的眸子紧紧地锁着她，蹙眉凝眸，似乎在看着一个不认识的人，良久，他才出言问道："你不怕血？"

温意有些愕然，脑子里忽然涌进一些记忆，这位杨洛衣是很怕血的，甚至见到血会晕倒。

温意苍白着脸道："怕，但是人命关天，也顾不了这么多啊！"语罢还觉得自己够机智。

宋云谦挑眉，眸光里闪过一丝怀疑。御医在这个时候赶到，宋云谦在他行礼之前道："救他！"

御医瞧了侍卫一眼，又瞧了瞧宋云谦身上的血迹，道："不可，王爷受了伤，让微臣先为王爷治伤！"

宋云谦蹙眉怒道："先救他，本王的王妃自会替本王包扎！"

温意愣了一下，直觉他是要试探她。但是，也管不了这么多，他的伤口还在流血，虽然伤口不深，但是这样流血，会危及性命。

她沉稳地吩咐侍从："扶王爷进去，打水，准备剪刀和干净的布！"

宋云谦被送入涟漪苑内，他躺在床上，温意用剪刀剪开他的衣服，他的伤口确实不大也不深，照这样看是没有伤及内脏的。

"我现在帮你清洗伤口，会有一点儿疼，你忍着！"她专业而温柔地道。

宋云谦不说话，只是用眸子紧紧地看着她。

手再次接触到他的身体，温意的脸便陡然红得跟虾子一般。

"专心点儿！"她走神弄疼了他，他拧眉生气地道。

"对不起！"温意下意识地道歉，心底却怪罪自己不够专业，面对病人的时候，所有的杂念都该摒弃。

清洗消毒伤口之后，是上药，药粉有三七的成分，止血良药，她也曾经学过中医，虽不精通，但是门面的功夫还是有的。

包扎好之后，她就退开了，道："王爷没有什么大碍，休息两天就没事了。"

"坐在本王身边！"宋云谦哑着嗓子道。

温意抬头瞧着他那古怪的眼神，心里闪过一丝惊慌，连连退后两步，道："我先

回去换身衣裳,失陪了!"

说完,出了门拉着发愣的小菊就急匆匆地走了。

小菊回到如意轩还没回过神来,她惊愕地问温意:"郡主,您不怕血了吗?"

温意舒了一口气道:"怕啊,不过说起来,那一刻忽然不怕了。只是现在回想起来,还有些惊怕啊!"

嬷嬷丫鬟打水给温意沐浴,又挑了身好看的衣裳,道:"先别管那事,今日是洛凡小姐过门的日子,郡主您是长姐,又是王妃,定要穿得得体一些,这大红王妃朝服今日穿正好。"

温意站起来,刚想说什么,腰间传来一阵疼痛,她眼前一黑,"扑通"倒地不起。

这可吓坏了小菊和嬷嬷,连忙喊来丫头扶温意上床,早有机灵的丫头去请大夫,因知道府中的御医正为王爷和那受伤的侍卫治伤,如今只能在府外请大夫了。

大夫不敢随便为温意检查身体,只听说了温意之前有晕血症,便开了一些安神的药给温意服用。

可温意服药两三日之后,仍昏昏沉沉醒不过来,腰间疼得要命。

就在她昏迷三天之后,她再次听到那威严的声音在她耳边响起:"温意,该好起来了!"

她猛地睁开眼睛,陡然坐起身。她伸手压了一下腰部,只剩下微微的痛楚了。

那声音是谁的?太可怕了,他怎么知道我叫温意?梦里还有神仙不成?

丫头小菊一直守在她床前,见她醒来,欢喜地道:"郡主,您终于醒了!可还有哪里不舒服?口渴吗?奴婢给您倒水。"说罢,她身子一转,走到桌子前倒了一杯温水,端过来给她,"慢点儿喝!"

她接过杯子,喝了一大口,抬起头便看到那小菊含悲带喜地看着她,眸子里有泪光点点,她道:"郡主,您都昏迷了三天了,可吓死小菊了。"

温意微微一笑:"我没事了。"她掀开被子下床,本以为双腿会十分疲软,但是,她微微一抬,竟觉得全身力气充沛,动作也轻盈得叫她惊讶。她坐在床沿,小菊便弯下身子替她穿鞋,她道:"不用,我自己来。"

小菊诧异地抬头看着她:"郡主,是不是嫌弃小菊伺候得不够好?"

温意弯腰穿好鞋子,起来走了两步,身上所有的不适都全然退去,她回眸一笑:"傻姑娘,我怎么会嫌弃你伺候得不好?我只是躺累了,想活动一下筋骨。"

她坐在椅子上,想起那侍卫,如今不知道怎么样了,只怕,就算救下来,也得受不少苦吧?她不禁微微叹息了一声。

小菊听到她的叹息,也不禁略忧愁地道:"如今洛凡小姐也进门了,您自小跟洛凡小姐不和,如今她深得王爷宠爱,只怕以后咱们的日子会很苦。"

温意还没说话,便见嬷嬷掀开帘子进来,见温意坐在凳子上,有些欢喜,嘴角便露出了一丝安稳:"郡主,您醒了?这可真是太好了。"

温意抬头看去,陈嬷嬷今日穿着深灰色的衣裳,脸上的线条十分柔和慈爱,可见她是真心疼爱自己的。她微微一笑:"嗯,我醒了。"

嬷嬷走前一步,道:"郡主,侧妃娘娘来了。"

温意一时没回过神来:"侧妃娘娘?"

"就是洛凡小姐。"小菊提醒道，顿了一下，她又道，"郡主，您是她的长姐，又是王妃，位分高于她，您不必害怕，她若是敢欺负您，咱们就告诉皇后娘娘。"

温意心中有数，对嬷嬷道："让她进来吧！"

嬷嬷应声，躬了躬身子便出去了。一会儿，便见嬷嬷领着一个身穿华服的女子进来，身后还跟着几个丫头。其中一个丫头用托盘端着一碗药，有热气在碗面萦绕。

那华服女子走到温意身边，微微躬身，道："洛凡见过姐姐。"

温意凝眸看她，洛凡虽然低着头，脸却微微扬起，纵然姿态谦卑，脸上还是无法掩饰那一丝得意，她皮肤白皙胜雪，五官精致绝美，只是满头的珠翠让她多了几分庸俗之气，又见她穿着红色的绸缎正装，衣裳用金线绣着牡丹，十分精致。

"姐姐是否介意妹妹穿了姐姐的王妃朝服？妹妹也跟王爷说过，此乃僭越，万不可为，只是王爷坚持要妹妹穿上，他说，在他心中，妹妹才是正妃。"洛凡见温意盯着她的衣裳，便以为她心中介怀，便开口解释，只是一开口已经是挑衅，压根不给温意好好说话的退路。

那嬷嬷跟小菊当场便变了颜色，只是奈何她是主子，而她们只是下人，就算满腹的不满和愤恨，却是半句说不得的。

温意淡然一笑，道："我只是研究这件衣服的绣工，真是巧夺天工啊，不知道是不是双面绣？你给我瞧瞧。"说罢，便上前翻开她的袖子，见里面果真有着精美的图案，不禁赞叹不绝，"天啊，神人，真乃是神人啊！"

洛凡却只道她在装冷静，这个姐姐，往日在府中的时候，是以霸道出名的，眼里容不下一粒沙子，想不到进了王府之后，却懂得隐忍之道。她笑了笑，不着痕迹地拉回衣袖，道："姐姐什么时候对刺绣这么有兴趣了？"

温意侧头，若有所思地道："也不能说是对刺绣有兴趣，我是对针法有兴趣！"作为一名外科医生，最骄傲的莫过于做一台完美的手术，而完美的手术，当然包括最后的缝针了。

洛凡淡淡地笑了，她就坐在温意的对面，打量着温意，语气疏淡地道："姐姐自从嫁进王府之后，便一直没有回过娘家，妹妹过门的时候，姐姐正好病了，不能喝妹妹敬给姐姐的茶。妹妹心里一直惶恐着，虽然王爷也说，妹妹大可不必给姐姐敬茶，因为姐姐虽然虚担了王妃的位子，可王府中，却只需知道柔侧妃。可妹妹总觉得，于情于理都该给姐姐敬这一杯茶。正好姐姐病了，妹妹熬了药，便以药代茶，敬给姐姐，祝愿姐姐快点儿好起来。"说罢，便命丫头把药放在桌面上，末了，她又加了一句，"对了，王爷给妹妹取了个柔字，不知道姐姐是否觉得动听？"

温意瞧着桌面上的汤药，那药还散着热气，藏红花甜腻的气味弥漫在房间里，藏红花有活血化瘀的效用，但是，绝对不适用一个刚病愈的人，久病之后，病气入体，只能喝温补的汤水，女子服用多有不妥，尤其是未曾生育过的女子，若不是配合治疗疾病，她是不赞成喝藏红花的。

而她脑子里有记忆，这个杨洛衣自小身体便不好，常年多病，喝这个，无疑是自寻死路。

"先凉一凉吧，我等一会儿喝。"温意不动声色地道，刻意忽略她最后问的那个问题。洛凡是敌是友，如今已经摆在眼前，但是她自己情况未明，还是不宜在这个时候发难，且忍她一下又如何？

"药凉了，可就发挥不了药性，姐姐还是抓紧服用为妙。"洛凡慢慢地道，虽说劝她服用，但是脸上却没有半点儿紧张之意，仿佛温意喝与不喝，她都不是那么在乎。

温意"嗯"了一声，她抬头看着窗外的阳光，她不知道如今是什么月份了，但是依稀可以猜测大概是中秋过后，秋风渐凉的季节。她回头问洛凡："你的药，是些什么药？适合我喝吗？"

洛凡微微一笑："姐姐问得可真是好笑了，莫非姐姐以为妹妹会毒害姐姐吗？这是补药，姐姐身体刚痊愈，自然是要好好地进补的。"

温意"哦"了一声，道："妹妹有心了！"她站起来，有种想要出去走走的冲动，便回头淡淡地对洛凡道："既然是补药，那就赏给你吧。"

洛凡一愣，神色陡然变得很难看，语气也尖锐了起来："姐姐是什么意思？莫非真以为妹妹毒害你吗？"

温意微微错愕，似乎不明白她为什么生气，她瞧着洛凡，道："我没有什么意思，你说这是补药，那自然是补身子的，又哪里会是害人的毒药？你说我身子虚弱，给我进补，可我觉得妹妹最近要伺候王爷，更需要进补一下，所以我把药赏给妹妹。妹妹应当感念做姐姐的体贴才是，怎可胡乱猜度姐姐呢？"

洛凡抬眸瞧着温意，眸光冰冷，就这样死死地盯着温意。然后，她忽地粲然一笑："姐姐以为还是在家里吗？如今你在王府虽然是正妃，可你应该知道，你是死是活，也不过是妹妹一句话的事。这碗药，你喝，便安然无事，若不喝，就休怪妹妹对你不客气。"

她这话一出，嬷嬷与小菊皆上前一步，嬷嬷怒道："侧妃娘娘说这话，莫不怕传到皇后娘娘的耳朵里去？"

洛凡眸光一闪，睇了嬷嬷一眼，又半带着笑容看着温意道："姐姐和皇后娘娘亲近，莫非不知道皇后娘娘已经离京去了护国寺祈福，要年底才回吗？"

小菊与嬷嬷脸色陡然惨白，这件事情，她们二人是知道的。就因为皇后娘娘离宫了，所以王爷才会趁机娶洛凡小姐过门，到时候皇后娘娘回来，生米已成熟饭，一切皆不能更改。

温意瞧着洛凡，轻轻地叹了口气，"言下之意，你是一定要我喝这碗药了？"

洛凡神色不动，仅微微抬眸，道："姐姐是正妃，懂分寸，喝不喝，姐姐心中自有分晓，不必问妹妹。"

温意端起碗，露出一个淡然的笑意，手微微一抬，又轻轻一放，那碗便"砰"的一声落地，瓷碗四分五裂，药汤飞溅，温意的绣花鞋也沾了些许药汁。

温意露出懊恼之色，瞧着自己精美的绣花鞋，道："竟弄脏了我的鞋子！"

洛凡也不怒，只淡淡地笑了一声，便起身道："姐姐的意思妹妹明白了！"她朝着温意福福身子，得体地道："既然姐姐不喜欢妹妹来请安，妹妹告辞便是！"说罢，便领着几个丫头走了。

嬷嬷与小菊见她这么顺当就走了，有些高兴，嬷嬷道："还以为她要做什么呢，原来也不过如此。"

温意苦笑："本还想出去走走的，只怕如今是去不成了。"

小菊掀开帘子，命外面伺候的丫头进来清扫地面，听到温意这样说，便问道："为什么去不成？郡主又不舒服了吗？"

温意脱下绣花鞋，拿起手绢仔细擦了擦被药汁弄脏的部位，这双绣花鞋她一瞧见就十分喜欢，针脚细密，绣工一流，那朵鲜艳欲滴的蔷薇花微微凸起，指腹轻轻扫过，便有奇异的触感，她一边擦拭一边道："你说呢？她这么大阵仗地过来送药，之前说我不喝又如何如何，挑衅了一番，逼得我摔了药，自然是有后招的。方才她说在这个府中，我虽然是正妃，可主事的却是她，谁给她这个权力？自然是王爷。她受了委屈，又有丫头做证，自然是去找王爷哭诉了。那王爷喜欢她憎恨我，一定会来找我算账的。"

小菊和嬷嬷闻言，都吓傻了眼。三天前郡主被送回来的时候，奄奄一息，几乎马上就要断气了。所幸诸葛神医妙手回春，保住了郡主的性命。这刚醒来，若又要

遭受一番惩罚，只怕是铁人也承受不住的。

"那怎么办才好？"小菊嘴唇哆嗦了一下，问正在擦鞋子的温意。

温意蹙眉："等他来了再说吧，你们看这个药汁能清洗吗？"

嬷嬷取过来一瞧，道："哎呀，我的祖宗，您现在还顾鞋子干什么啊？您要绣花鞋，让绣娘给您做一双便是了，王爷马上就要来了，您不如赶紧躺在床上装病，只怕王爷瞧见您病着，会手下留情。"

温意摇摇头："就算我死了，他也不会放过我的。"因为她"害了"一个叫可儿的人，只是不知道这个可儿是王爷的谁呢？为了可儿，他算是恨她入骨了。应该不会是爱人吧，洛凡不才是他的爱人吗？会不会是他的妹妹？

正猜度着，便果真听到外面响起了脚步声，温意把鞋子套在脚上，叹息一句："要来的，始终会来，逃不过。"

她头一抬，那门帘便被掀开，一道明媚的阳光透进来，光线中有尘埃飞扬，透过阳光和尘埃，他背光而来，五官模糊，只能看到冷峻的轮廓。

他身后，跟着急急而来的洛凡，洛凡的眸光落在她脸上，带着淡淡的冷笑。

他走到温意面前，伸手捏着她的下巴，微微抬起，逼着温意与他对视。温意瞧着他，他狭长的眼睛细细眯起来，眸光冷峻，嘴角下弯的弧度显示他如今极度愤怒，他咬牙切齿地从唇里蹦出几个字："是否不闹个你死我活，你便不安宁？看来本王那日还真是错了，以为你是真心悔过！"说着，扬手便要打她。

如此不分青红皂白地打人，就算是多好的脾性也无法忍受。温意弯腰，身手灵活地从他手臂下钻了过去，回身道："你想打我，可以，但是必须得先告诉我非打我不可的理由。"

宋云谦见她竟然身手敏捷地躲了过去，还敢在他跟前顶嘴，不由得微微错愕。但是他很快就收敛神情，冷冷一笑："好，你要问理由，本王便告诉你，洛凡与你，在娘家的时候是姐妹，但是你们素来不和，你们在娘家不和，本王管不得，但是如今在王府中，一切就要按照王府的规矩做事，她给你送药，本是出于好意想修补姐妹关系，维持王府的和谐安宁，你却有意挑衅，摔了她送来的补汤不说，还当众掌掴她一巴掌，就凭你存心挑起王府内斗这一条，本王便能治你的罪。"

温意瞧了瞧洛凡，洛凡却显得有些惶恐地道："姐姐不要误会，并非是妹妹跟王爷告状，只是这几个嘴贱的丫头，见了王爷，替妹妹委屈，一时忍不住说了。"

温意在疏淡的秋阳中明眸皓齿地一笑，道："我自然知道不是妹妹说的，妹妹不会胡乱堆砌，冤枉我这个做姐姐的。"

宋云谦冷然一笑："冤枉？是不是冤枉，你心里有数。"

温意抬眸看着宋云谦，道："本来王爷要治妾身的罪，妾身理当受罚才是，只是不想让那些嘴碎的丫头破坏了妾身与妹妹的关系。"她走到那几个丫头身前，笑意盎然地道："你们方才说我故意打了侧妃娘娘送来的汤药，还打了侧妃娘娘一个耳光，是吗？"

站在前面那身穿绿色衣裳的丫头看着温意，眸光中有些不屑，冷然道："奴婢所言，句句属实，侧妃娘娘一番好意，谁知道王妃竟丝毫不领情，还当场用力掌掴了侧妃娘娘，我们做奴婢的瞧见了，也禁不住为侧妃娘娘抱不平，侧妃娘娘本不愿意奴婢们在王爷面前提及此事，只是奴婢们心中着实替侧妃娘娘委屈。"

温意道："嗯，若事情真像你所说的，我也替侧妃娘娘委屈呢。方才你说，我掌掴了侧妃娘娘，那么我问你，我用哪只手打她的？"

"右手！"那丫头立刻便说了出来。

温意扬起右手，往那丫头脸上甩了一记耳光，然后又温和地问："是这样打的吗？"

那丫头吃了一记耳光，顿时怒瞪着温意，却见温意方才的笑容全部消失，眸光冰冷，她禁不住心中一惊，当人心中有鬼，而又害怕的时候，是最容易露出破绽的。

温意微微扬手，再问一声："我问你，我方才是这样打侧妃娘娘的吗？"

丫头咬咬牙，瞧了洛凡一眼，洛凡脸上没有任何的表情，只淡淡地扫视了那丫头一眼。

那丫头忍住委屈和怒气道："没错！"

温意挑眉，道："我方才不过是随意打了你一个耳光，你的脸立刻便肿了起来。若方才我如你所说用力掌掴侧妃娘娘，为何她的脸如今还如此光滑娇嫩，一丝红痕都瞧不见？莫非，她的脸皮要比你们这些做丫鬟的还要厚？"

那丫头横道："如此，奴婢便不知道了。但是，奴婢可以对天发誓，奴婢没有说谎。"

"好，你不知道为何会这样。那我只好勉为其难做个实验。"她走到洛凡面前，微微一笑，道："妹妹，若证实姐姐方才果真有打过你，那姐姐甘愿受罚。"说完，她手一扬，对着洛凡那绝美的脸扇过去。宋云谦见她动手，立刻伸手想抓住她，但是，他疾如闪电地出手，竟然落空了，温意的手掌，已经落在洛凡的脸上，并且，随

着"啪"一声响，洛凡整个人跌倒在地上，脸上，赫然多了几道手指痕迹。

所有人都惊呆了。小菊和嬷嬷吓得浑身颤抖，往日言语上得罪王爷，都遭受这么大的惩罚，如今竟然掌掴王爷最疼爱的侧妃，实在是不敢想象有什么后果。

洛凡哭了出来，温意蹲下身子，伸手扶她，道："妹妹受苦了，姐姐也不过是在王爷面前做个实验，证实你的丫头刚才确实是在胡言乱语，存心要破坏我与你的关系。所幸妹妹配合，才得以戳穿这丫头的诡计，只是不知道她是受何人指使，竟想破坏我们姐妹的感情？她是妹妹的丫头，一切就交由妹妹发落。相信妹妹一定会给姐姐一个满意的答复。也会还王府平静安宁，对吗？"

洛凡站起来，眸光冷肃地看着她，咬牙切齿地道："幸好姐姐明察秋毫，否则你我便要被这个人给欺骗了。"

宋云谦看到这里，心里大概明白了是怎么一回事。他有些不悦地瞧了洛凡一眼，道："你身边的人确实是要好好管教才是。"说罢，又厌恶地瞧了一眼方才被温意掌掴的丫头一眼，怒道："还不滚出去？"

那丫头吓得浑身颤抖，连忙跪下磕头，然后灰溜溜地退到门口去。

宋云谦疑惑地看着温意，她似乎有些不一样了。以往她看他的眼神，都是带着痴狂的爱意，无论他去哪里，她的眸光一定会追随。但是如今瞧着她淡然的眸子，那昔日的爱意狂热似乎全然退去，那刁蛮矫揉造作的气质，也变成了落落大方。

温意见宋云谦瞧着自己，心中有些微惊，但是很快就恢复正常。梦里的事没那么多讲究，即便杨洛衣性情有变，她不说，谁又能怀疑半分？就算怀疑，她打死不认，那也奈何不了她。

方才这招置之死地而后生，虽然危险，但除此之外，她想不到别的方法。她在赌，赌这位王爷虽然痛恨她，但是作为王府的主子，他也不希望看到府中有人欺上瞒下。因为这样，分明是把他当作笨蛋一般戏弄。

当她看到宋云谦脸上的愤怒慢慢消退，只剩下满脸的疑惑时，她知道自己这一次赌赢了。

温意其实很想从他口中得知可儿的事情，她想知道宋云谦是如何看待可儿坠湖一事的。想了想，便道："王爷，妾身能否与您单独说几句话？"

宋云谦见她又故态复萌，以往便是这样，她千方百计地寻找跟他独处的机会。他冷笑一声："本王还以为经此一事你会有些改变，想不到你死性不改。本王没有什么要与你说的，你最好夹着尾巴做人，否则本王绝对不会放过你！"说罢，哼了

一声，拂袖而去！

洛凡看着她，眉目里有幸灾乐祸："姐姐想跟王爷说话？可以，除非是可儿醒过来吧。"

她故意淡淡地道："只是，可儿会醒过来吗？"

洛凡笑了，笑得十分妩媚邪魅，眸光中有着淡淡的讽刺："连诸葛神医都说她这辈子都不会醒来，姐姐你说她会不会再醒来呢？就算你跟王爷说一百遍不是你推可儿下水的，但是人证物证俱全，单凭你一个人的口供，王爷会相信吗？姐姐还是自求多福吧，别再作怪了。否则，你这辈子都休想过上安稳的日子。当然，除非可儿醒来，由她亲口说出谁是凶手，那么，你的嫌疑才能洗清。"

如此夹枪带棒的讽刺加恫吓，没有让温意感到生气，相反，她得知了这些信息之后，心里开心极了。也就是说，只要可儿醒来，那就一定能够指认出背后的凶手，到时候她就不用背负凶手的罪名了。

洛凡见她脸色变幻不定，目的已经达到，也懒得跟她废话，遂淡淡地道："姐姐今日给我的一个耳光，我会铭记在心，日后总会有机会双倍奉还。"说罢，狠狠地回头瞪了那丫头一眼，冷冷道："滚出去，丢人现眼。"

那丫头诚惶诚恐地跟着她走，走了几步，又回头瞪着温意，温意眸光疏冷，扫视了她一眼，眸锋陡然冰冷锐利起来，吓得那丫头顿时收回眼光，冷不防，单脚绊在门槛上，整个人直挺挺地跌了出去，正好扑在洛凡背上，纵然身边的丫头尖叫着去扶，那洛凡还是被撞出去好远，跌了个狗吃屎。

温意疾步走出去，伸手拉起那丫头，微微责备道："你怎么能推侧妃娘娘呢？今日之事，你分明是在帮她，她却如此对你，你心中定有不忿也可以理解，只是，那到底是你的主子，你今日报复她，以后你的日子不知道怎生难过呢。"

洛凡已经被丫头扶了起来，发髻都歪到一边去，脸上全部是泥土灰尘，她回身就给了丫头一记耳光，怒道："废物，留你何用？给我滚！"

那丫头连忙哀求："娘娘，奴婢只是一时不小心，求娘娘不要赶奴婢走，奴婢保证，以后一定不会发生相同的事情。"

洛凡哪里还能容得下她？王爷分明已经对她不满，若她继续留着这个丫头在身边，难免会遭王爷怀疑，她是不会让王爷对她有任何一丝的不满意。一丝丝也不可以。所以，这个丫头是铁定不能留在她身边了。

她对另外一个年纪稍大点儿的丫头递了个眼色，然后便任由其他丫头搀扶着她

离开，她们一走，这个屋子总算是恢复了宁静。

嬷嬷叹息道："小晴大概是要被赶出去了。"

小菊愤愤地道："那是她活该，谁让她做事这么狠？"

嬷嬷若有所思地道："她也是不得已啊，她娘亲病了，若不配合侧妃娘娘，多要点儿赏赐，单凭她的月例银子，哪里够看大夫？"

温意料想这个小晴便是方才挨打的丫头，可恨之人也有可怜之处。她娘亲病了，她为了给娘亲治病，做一些黑心的事情，虽说不可原谅，但是其情可悯。温意想起自己的父母，心中不禁难过起来，为人子女者，不能承欢膝下，孝顺父母，是天大的罪过。如今还要他们白发人送黑发人，生生承受这种骨肉分离之痛，她想起，便剜心地痛。

第三章 新解『老佛爺』

时光一转半个月有余,这些日子倒过得是十分惬意,因为杨洛凡这段时间并没有来招惹温意。

但温意也许久没见过宋云谦了。自从那日摔碗事件之后,宋云谦便一直没有出现在温意的如意轩。没有洛凡和宋云谦的刁难,温意的日子过得十分惬意。

这日刚用完早膳,便有小厮过来打招呼,说让温意穿戴整齐,王爷要带她入宫面见太后。

温意有些心慌,她连宫规礼仪都不懂得,只怕入了宫是要闹出笑话,闹出笑话倒是无所谓,最怕的是太后一个不高兴,那她可就惨了。

嬷嬷见她神情有些慌张,便笑道:"郡主又不是第一次入宫见太后娘娘,怕什么啊?"

温意苦兮兮地道:"那以前都有皇后娘娘在宫中帮衬着,如今皇后娘娘离宫祈福,我心里慌得很啊。"

嬷嬷道:"放心,到时候老奴会提点着郡主,况且,太后虽然严厉,也不会无缘无故地责骂人,大概也只是问问你们夫妻之间的事情,毕竟都成亲一年了,肚子里还没声息,老人家是要着急的。"

温意心中叹气,这个宋云谦如此讨厌她,莫说成亲一年,就是成亲十年都不会有动静。

不管心中多么不愿意,她还是得梳妆打扮一番。身上穿着正红色的王妃朝服,她又把朝服上的刺绣大大地赞叹了一番,怎么会有这么灵巧的手?她看着铜镜里的容颜,十七岁,正是花季少女,皮肤白皙,连毛孔都看不见,眸子如同两颗黑曜石一般晶亮有神,俏鼻挺立巧圆,嘴唇红润亮泽,微微一笑,那白贝般的牙齿便露了出来,明眸皓齿,好一个娇俏绝美的少女。

其实真正的温意也是一个美女,只是不打扮,穿着也比较沉闷,显得老气横秋。其实女子哪个不爱打扮不爱漂亮?但自己的职业……实在没什么时间和力气专注在打扮上。

"郡主真漂亮!"嬷嬷与小菊赞叹道。

丫头小溪又给温意取来一件披风,为她系好带子,笑道:"那是自然的,王府中,能跟王妃相比的,大概只有可儿小姐了。"

又是可儿,这段时间,温意数百次想找个借口去看看可儿。但是她知道可儿在西苑里,有专人看守,除了宋云谦和诸葛神医之外,谁都不许进去。除非得到宋云谦的允许，否则她是无法进入西苑的。

小菊抬眸扫了小溪一眼："可儿小姐是好看，只是我却觉得她未必就比得上郡主。"

小溪意识到自己说错话，便连忙笑着赔罪："是奴婢失言了，可儿小姐哪里有王妃出色？"

温意微微一笑，容貌不过是一个人的外表，她并不那么看重。

主仆几个人说着话，外面便有人通传说王爷来了。温意深呼吸一下，去吧，要面对的始终是要面对。太后也不是什么豺狼虎豹，不会吃了她。

宋云谦掀开帘子进来的那一霎，温意只觉得眼前一亮。因为他今日穿了一身白色锦袍，气质淡然而高贵，干净英俊的脸上带着些许不耐烦的神色，嘴唇紧抿，狭长的丹凤眼在看到温意的那一刻略微惊诧，只是定睛细瞧，却还是昔日那让人厌恶的女人。

"可以走了吗？"他不悦地问道。若不是皇祖母亲自下令让他带杨洛衣入宫，他是无论如何也不会来见她的。

温意应道："嗯，可以走了！"她伸手拉了拉披风，又抚摸了一下披风上精美的刺绣，脸上便洋溢出一个满足的笑容。

宋云谦本已经准备转身，只是在转身之前眼角余光扫视到她，见她本平淡无波的脸上绽放出如花般娇艳的笑容，心中顿时鄙夷，装什么？她到底还是那个只懂得跟在他身后打转的庸俗女人。之前装得如何不在意，如今只是带她入宫，她便笑得如此兴奋，原来她没变，变的只是她的策略而已。

只是不管她施展什么手段，他都不会正眼看她一眼。

走到府门口，温意才知道洛凡也跟着一同入宫。

洛凡今日穿着一身淡紫色的丝绸百褶裙，显得皮肤更加娇俏白皙。一根翡翠朝阳钗插在堕马髻上，一侧垂着金珠子流苏，尽显高贵。额前青丝贴服，用金钿细细密密地点缀着。

相比洛凡的珠翠满头，温意反观自己，就觉得有些寒酸了。她首饰倒是十分多，但是都觉得十分庸俗，所以今日不顾嬷嬷和小菊的反对，坚持只簪了一根碧玉簪子，嬷嬷觉得太过简单，又斜插了一根带流苏的镏金凤尾簪。只是不管如何，还是比洛凡寒酸了许多。

三个人同坐一辆马车，相对无言。

洛凡一脸的紧张，在宋云谦面前，她一向都是温婉谦恭的，绝对不会主动挑衅。尤其今日还是她第一次入宫见太后。她全副武装，若是太后喜欢她，她便有足够的资本跟这个所谓的正妃抗衡。

宋云谦见洛凡显得十分紧张，便握住她的手柔声安慰道："皇祖母待人亲和，你知书识礼，懂礼数知进退，又长得这般清丽脱俗，她一定会喜欢你的。"

洛凡回以一个柔柔的微笑，娇羞地道："妾身哪里有王爷说得这么好？"

"本王喜欢的女子，必定是天下间最好的。"宋云谦说着这句话，眸光瞟了温意一眼。

而温意进入这梦境之后，从未出过王府。如今马车奔驰在青石板道上，马蹄声清脆，马车外面是百姓的喧闹声，对她来说，如今看到的一切都极具历史的厚重和真实。她掀开侧边的帘子，贪恋地望着马车外面的皇城。

天子脚下，商业繁盛，百姓安居乐业。马车所经的街道，店铺林立，人声鼎沸，好不热闹。

她瞧得眼花缭乱，听得是热血沸腾，哪里还在意宋云谦与洛凡的对话？宋云谦见她似乎丝毫不在意的样子，心中轻蔑地道：好，瞧你装到什么时候！

温意自然不是装的，当马车驶进皇宫东门，她才意犹未尽地放下帘子，心里震撼不已。

她知道这个朝代历史上未曾记载，毕竟是一场梦嘛。但是没有记载的不代表从未存在，她如今的感觉就是真真实实地生活在这里，也见识到这里的人文和生活，她心中忽然生出一种豪气来。但也偶尔会觉得，这个梦做得好似有些久了，万一一直醒不过来……醒不过来也没什么，现实中还体会不到这般感受呢。"不要醒来不要醒来……"温意带着这样的情绪，嘴角不禁扬起了一抹笑意。

宋云谦自然留意到她这抹笑容，心里不禁暗暗诧异，自从那夜之后，她似乎变了一个人似的。

只是仔细瞧瞧，模样没变，还是那样的鼻子，那样的嘴巴，那样的耳朵。他眸光落在她的双眸上，陡然一愣，是的，模样没变，变的是她的眼神、表情，以及她的气质。

想起这半个月以来，她似乎都没有故意闹事刁难，也没有像从前那样借着送汤、送茶的名义到他居住的飞凌阁看他。当时，他以为是因为母后出宫，她无所依仗，所以才收敛了一些。

但是如今瞧她神定气闲、悠然自得的模样，却不像是扮得出来的。再回想起那日她应对洛凡的汤药，那样游刃有余地打了丫头和洛凡一个耳光，不见动怒，更没有激动，仿佛那只是小得不能再小的事情。

这件事，宋云谦心中已然明了她是被冤枉的，依照她往日的性子，若被人冤枉，只怕会提刀跟人拼命，哪里会如此冷静淡定，懂得置之死地而后生，不伤自己半分，又让对手败露在眼前？

宋云谦脑子里不禁又想起她为自己治伤的一幕，若不是亲身经历，他会觉得这一定是幻觉。

最重要的一点是，她看他的眼神，已经没有了昔日的狂热，那样淡若清水地扫视了他一眼，眸光和脸上的神色不变，丝毫没有情绪起伏，可见她心中，已经没有他的存在。

他没有失落，有的只是一连串的疑问。

思虑间，马车已经停在了寿安宫门前。

侍卫掀开马车帘子，搬来踏脚石，道："王爷、王妃娘娘、柔妃娘娘请下车。"

宋云谦首先下车，然后转身小心翼翼地扶着洛凡，道："小心点儿。"

洛凡含羞带俏，道："嗯，王爷，去扶姐姐吧。"说罢，她知礼数地退到一边去。

而温意，却已经跃了下来，动作一气呵成。梦境之中这副身体比自己的身体灵活很多，开始的时候她以为是因为杨洛衣年轻，所以动作敏捷。但有一次在花园中，她百无聊赖地踢着石子，那石子竟然破墙而出！或许温意从那时候起就有些不愿醒来了，毕竟这种电视剧里才有的情节，除了做梦，没办法发生在自己身上。

从医学的角度来看，很可能是身体发生了基因变异，就跟什么蝙蝠侠、蜘蛛侠似的，会有一些超能力。但是到目前为止，她除了力气大一点儿，身体灵活一点儿之外，还没发现有什么超乎寻常的地方。

"粗人果然是粗人！"洛凡从她身边走开的时候，轻声地说了一句，"凭你这样，这辈子都不会得到王爷的欢心。"

温意淡淡一笑，却不言语，看着这对金童玉女从她面前走过，心底觉得他们确实很登对，男的暴戾霸道，女的奸诈恶毒，天生一对！

三个人领着一群仆妇和小厮进了寿安宫。红色的宫墙宛若一条游龙，分隔开各个宫廷殿宇，金黄色琉璃瓦顶飞檐翘起，站在寿安宫看过去，只见琉璃顶相连，连绵起

伏，宛若凌霄殿般壮丽奢华。

不知道为什么，温意自打进了宫，心中便有一种奇怪的感觉，这种感觉，像她当年在北京游故宫时一样，肃穆而沉重。或许是因为看了太多后宫斗争的小说和电视剧，总觉得在这红色的宫墙里、金色的琉璃瓦顶下，埋藏着太多女人的血和泪了。许多如花似玉、娇艳明媚的生命，进了这后宫，看似荣华富贵尽在手中，但实则她们却是天下间最可怜的女人，连与家人见一面都得等待圣恩降临。

进入寿安宫后，是一个独立的宫院，栽种着许多牡丹花和夕颜花。夕颜花的藤蔓攀爬在宫墙上，如今正是粉、红、淡紫地开了个遍，十分好看。

牡丹花在宫院的右角，十分富丽堂皇，只是不知道为何要跟夕颜花种在一起！夕颜花是较为粗生的花，只要给点儿水，有泥土，它便可以爬满整个皇宫。

宋云谦走到门口的时候，忽然放下洛凡的手，转身瞧了温意一眼，眸光有些厌恶。正当温意不知道他要干什么的时候，他忽然伸手拉起她的手，温意下意识地退后，诧异地看着他。

宋云谦怒道："你扭捏什么？是不是故意想让皇祖母责怪本王？"

温意明白了，如今宋云谦领着妻妾入宫，自然是要牵着正妃的手，否则太后瞧见了，会觉得他大小不分，处事不正，连带显得洛凡也不懂礼数。

温意没有再抗拒，只是被他牵着手，心里始终觉得有些不习惯。宋云谦的手心很粗糙，掌腹上的茧子又很厚，如此用力握住她的手，她感觉手心微微刺痛。她本以为，身为王爷自当是锦衣玉食，无论是手上的皮肤还是身上的皮肤，应当跟女人一般嫩滑才是。但是，显然她猜错了。

温意的手很是温暖，这让宋云谦微微诧异。他接触的女人不少，但是女人的手脚都是冰冷的，就如同刚才他牵着的洛凡的手就冷得跟一块冰似的，他怎么焐都不暖。他侧头瞧了温意一眼，两个人的步伐从开始的凌乱到一致，如同模范夫妻一般，挺着背，一步步前行，踏上白玉石阶，走上回廊，然后进入正殿。

在殿门口瞧进去，只见屋子里坐满了两排华服女子。中间太师椅上，坐着一个身穿黑紫色绸缎正装的年迈妇人，梳着螺髻，珠翠满头，虽年纪逾六十岁，双眸却炯炯有神，隔着大老远，温意便能感受到她锐利的眸光。

两旁坐着十几个贵妇，想必都是皇帝的妃子，温意不敢随意打量她们，只是任凭宋云谦牵着她的手，一步步走向殿宇中，走到皇太后面前，他轻轻拉着她，一同跪地叩拜："孙儿叩见皇祖母！"

温意也学着他那样："孙媳妇叩见皇祖母，皇祖母万福金安！"这种话术温意还是能说得出来的，即便对于宫廷礼数一概不知，自己是在梦里，演砸了就醒过来，死不了人的。

洛凡也跪在宋云谦身边，温婉地道："妾身参见太后娘娘！"身为侧妃，她是不能跟宋云谦一样喊"皇祖母"，也因为这一点，她如今银牙紧咬，脸上虽然带着恭谦的神色，低垂的眼眸却有一丝怨恨。

太后"嗯"了一声，颇有威严地道："都起来吧！"

宋云谦下意识地伸手先扶了洛凡，在皇太后眸光监督之下，才像想起什么似的伸手去拉温意一把。

皇太后的眸光落在温意的小腹上，最后，略微叹气地摇头："你们都坐吧，别站着了。"

温意闻言，一时想不起应该先谢恩，便径直走到椅子前，打算一屁股坐下去，却看到洛凡对着太后躬身，依旧脸色柔婉地道："妾身谢太后娘娘体恤！"

太后满意地点点头，对宋云谦道："三儿啊，侯爷家两位千金，如今一个是你的王妃，一个是你的侧妃，你千万不能厚此薄彼，喜欢这一位，便冷落了另一位。所谓家和万事兴，小家务必要处理得和睦。你是夫君，要拿捏得当。"

宋云谦笑道："皇祖母所言极是，孙儿定当遵从皇祖母的教诲。"

洛凡听完太后的教诲，这才轻移莲步，走到旁边的椅子上坐下来。她抬头瞧了温意一眼，见温意低头看椅子扶手上的软垫，不由得轻蔑一笑，烂泥扶不上墙。

宋云谦是必须坐在正妃旁边的，他见温意在抚摸软垫上的刺绣，不由得错愕，她到底知不知道自己在做什么啊？在皇祖母跟前，也这么不当回事吗？他正欲蹙眉说她，便听到皇太后出言问道："洛衣，你对刺绣很有兴趣吗？"

温意一时不知道是在唤她，她还没习惯洛衣这个名字，或者说她已经忘记了洛衣就是她的名字。因为在府中，嬷嬷与小菊都是叫她郡主，其他的下人也喊她王妃，根本不会有人直呼"洛衣"这个名字。

众人都愣住了，这三王妃往日里十分机灵，怎的今日一坐下就发呆，连太后唤了两声都听不到？莫非，小夫妻出了什么事？

唯独洛凡嘴角微微扬起，好，就是要她出糗。

宋云谦脸色陡然沉了下去，轻轻地拉了一下她的衣袖，压低声音怒道："皇祖母喊你。"

温意抬起头,这才想起方才太后喊的"洛衣"正是自己。

她连忙站起来,福福身子请罪:"皇祖母恕罪,孙媳妇一时贪看刺绣,实在不是有意冒犯皇祖母。"

贪看刺绣?这样的借口都说得出来?

太后神色开始不悦,之前就听闻杨洛衣为了老三娶侧妃一事闹得不可开交,甚至还以自尽来威胁,当时觉得消息未必属实,但是如今看来,倒不是没有可能。方才三儿下意识地扶着柔侧妃,把正妃丢在一旁,太后注意到杨洛衣很快就走到一边,甚至忘记了该有的礼数。若一个人不是心乱如麻,岂会在太后跟前也如此失礼?

太后的不悦来自温意的吃醋小气,也来自宋云谦不知分寸,遂当场便沉下脸道:"三儿,你如今已经是亲王了,行事也该有个度,你父皇这十几个皇子中,唯独你与你大皇兄被封为亲王,其他人都担着皇子的名分。往日里哀家最不担心你,你虽有些傲慢,至少有你母后在管教着,也管教得很好,可为何你母后不在身侧,你便像换了个人似的?娶侧妃这么大的事情,不跟哀家与你父皇商量也就罢了,哀家疼你,为你出头,说服了你父皇认可你的侧妃,可你不要忘记,你的正妃,始终是洛衣,你休要大小不分,厚此薄彼。"

宋云谦平白无故地被教训一顿,却没有动怒,只垂头应道:"皇祖母的教诲,孙儿铭记在心。"

太后又转眸看着温意,语气更重了些,道:"你也是,你如今是王妃,走出去代表的是宁安王府,民间的男人尚且三妻四妾,你如何能要求你夫君只守着你一个人?更何况,嫁给三儿的是你的亲妹妹,都是自己人,姐妹俩总是比外人贴心些,日后有什么事,也能互相帮衬着。听闻你还为了三儿娶侧妃的事情闹自尽?真是说出去都觉得丢人,荒谬至极,如此这般一闹,外人如何看待你这个王妃?如何看待宁安王爷?皇家的尊严又被你置于何地?这一次哀家小惩大诫,你回去抄五十遍《女则》,抄完之后送入宫中给哀家过目!"

众人见太后动怒,大气都不敢喘,众妃们或同情或取笑地看着温意,这皇后的儿媳妇,看来也不怎么出色。

温意眉目不动,神色未变,恭谨地道:"孙媳妇谨记老佛爷的教诲!"

"老佛爷"这个词,起源于慈禧太后,历史上代指的也是慈禧,之前所有的皇太后,都不曾用过"老佛爷"这个称呼,温意一时顺嘴说了出来,可后面就没那么顺利了。

等温意回过神来，洛凡已经惊呼出声："姐姐，您乱说什么？皇太后岂会是老佛爷？"她这么一喊，众妃的眸光都凝在温意身上。温意抬眸瞧了洛凡一眼，洛凡的脸上挂着担忧，完全没有一丝幸灾乐祸，仿佛真的为温意说错话而着急。

温意还没说话，洛凡便即刻下跪为温意求情："太后娘娘，姐姐并非存心冒犯，请太后娘娘恕罪！"

太后瞧着洛凡，颇为满意地点点头："你起来吧，你姐姐如此不喜悦你，难得你还肯为她说话。"说罢，她严厉地看向温意，略微动怒地道："你心中是否对哀家十分不满？连带皇祖母也不愿意喊了？若你觉得哀家让你抄《女则》是在存心刁难你的话，你大可以不必抄！"

温意起身，往皇太后面前一跪，抬头真诚地道："皇祖母误会孙媳妇了，孙媳妇方才确实是有些走神，可并非是对皇祖母不满，而是孙媳妇心中确实是有些难受。虽说天下男儿郎，都可以三妻四妾，作为妻子，不能吃醋，不能嫉妒，否则便算不得是贤妻。只是女子到底不是圣人，谁都希望自己心中所爱的夫君，这辈子都属于自己一个人。执子之手与子偕老，从成亲那日起，在温……洛衣心中，便只有夫君一个人，不曾有过旁的念头。洛衣如此用心对待夫君，不敢奢望夫君也如此对待洛衣，只是，心底总还是存着那样美好的期盼，期盼这种怜爱疼惜能再多上一些日子！"

说罢，她转身看着宋云谦，情深款款地道："在天愿作比翼鸟，在地愿为连理枝，从与王爷执手那日起，洛衣心中便只有王爷一个人，洛衣愿意为王爷下厨，愿意为王爷洗衣，愿意为王爷梳头，只盼着王爷能在偶尔空闲的时候，能与洛衣泛舟湖上，或者散步于疏淡斜阳里，能在起风的日子里，对洛衣说一声：'天冷了，娘子要适时添衣。'在洛衣病了的时候，能得到王爷垂怜关爱疼惜的眼神。这种爱，洛衣不愿意跟旁人分享。洛衣可以为王爷做很多事情，甚至为王爷去死。但洛衣却不愿意把这种爱怜分给其他女子，哪怕这个女子是洛衣的亲妹妹。"宋云谦整个人愣住了，他没想过温意会说出这样一番话。

她又转眸看着太后，道："皇祖母，洛衣自打进了这正殿之后，便一直心神恍惚，做了许多失礼的事情。方才得皇祖母垂训，洛衣才陡然醒悟，王爷对洛衣的疼惜，洛衣已经得到过，应该心满意足了。也因为如此，洛衣在听到皇祖母的话之后，斗胆抬眸直视皇祖母，心中竟有一种感觉，那便是皇祖母的容颜，竟与佛爷有几分相像，极具威严与慈爱，这才忍不住喊了一声老佛爷。"

温意说完，眸中已然泛着泪光。这一番话，她全部都用洛衣代指，确实，从小菊和嬷嬷口中,她知道洛衣很爱宋云谦,所以,她代替洛衣把这一番话当众说了出来。她知道,在座的无论是太后还是众妃,她们地位超然,外表风光无限,但是心底都有着同样的痛,那就是自己心中所爱,不得已要跟其他女子分享。这种痛,最为深刻,最为刺骨,最为蚀心,无一日能忘。所以,她敢断定,这一次冒犯太后的这句"老佛爷",也会被她这番话给转移。

果然,皇太后听了她的话,半晌说不出话来。她眸光沉绵,看着屋子外透进来的阳光,有蝴蝶低低地盘旋,正殿门口,有宫人悄然走过。

众妃们也都寂然无声,温意的这一番话,似乎触及了每个人心底最柔软的部位,她们往日里明争暗斗,也不过是为了让那个男人多爱自己一些。但是,即便多争到一丝爱宠又如何?终究,不是执手相伴一生的人。

果然，太后长叹一声，对温意道："孩子，起来吧！"

温意泪光婆娑，她自己也不知道为什么，这番话本是有目的的，但是说了出来之后连自己都伤感起来了。她依言站起来，垂头站立于一旁。

太后道："过来哀家身边，哀家得跟你好好说几句话。"

洛凡听到这句话，陡然一愣，再也隐藏不住心底的怨恨，怨毒的目光射向温意，恨不得把她煎皮拆骨。她不知道这个鲁莽刁蛮的姐姐，什么时候学得如此感性起来了，还懂得煽动大家的情绪，一针见血地指出太后和众妃们心中的痛楚，然后得到大家的垂怜。

温意福福身子，轻移莲步走了过去，不就是装斯文吗？谁不会啊？

刚在太后身边坐下来，便听到外面有疾步飞奔的脚步声，身穿黑色太监服饰的宫人冲了进来，连礼数都忘了，"扑通"一声跪在地上焦急地道："太后娘娘，不得了啦，镇远王妃刚入宫，肚子便疼起来，御医去瞧过，说是胎动，怕是要生了。"

太后猛地站起来，疾步走到那太监身边，惊道："镇远王妃才七个月身子啊，怎的这么快就要生了？容妃，你马上去看看，哀家也得过去一趟。"

容妃是镇远王爷的母亲，镇远王爷是皇帝的长子，因军功显赫早早封王。今日，他本是带着王妃入宫给太后请安的。

容妃吓得脸色都白了，急忙福福身子便下去了。

众人少不得是要跟过去看的。温意连忙扶着太后，快步出了殿门，宋云谦也上前搀扶，安慰道："皇祖母莫要担心，皇嫂一定会没事的。"

太后声音都发抖了："哀家今年就指望着镇远王妃给哀家生个重孙子，那是哀家第一个重孙子啊，千万不要出事，否则哀家可怎么活啊？"

太后上了肩舆，便急匆匆地往太监所指的初阳殿而去。

初阳殿是容妃的寝宫，镇远王爷未曾被封之前，也是住在初阳殿，王妃临时肚子疼，便即刻被送往了初阳殿。

去到初阳殿的时候，殿外已经围了一圈人。

太后疾步上去，拉住急得团团转的镇远王爷，问道："怎么回事？好好的怎么会忽然早产？御医怎么说？"

镇远王爷与王妃鹣鲽情深，王妃早产，他担心得眼圈都红了，这个铁汉子，大敌当前都没有丝毫惧怕，如今却怕得心尖儿都在发抖。见太后来了，他连忙扶着太后的手臂，着急地道："皇祖母，孙儿也不知道怎么回事，今日出门的时候还好好的。"

"哎，是坐马车的时候颠簸了吗？"太后问道。

镇远王爷摇头，一只手的拳头松开又握紧，可见他心情十分紧张："知道她身子不便，已经没有坐马车了，是坐轿子入宫的，刚下轿子的时候她还说孩子在踢她，谁知道刚走了几步，她整个人开始发抖，然后抽筋，吓得孙儿马上命人喊御医，送到这边歇着。方才御医说早产，这才七个月不到啊！"

"吃过什么东西吗？"太后警觉地问道，在深宫生存了这么多年，对这样的事情她首先便往阴谋争宠上去想了。她极端痛恨这些阴谋，所以当温意大大方方地说出自己心中的嫉妒时，她会对温意改观，私心可以有，但是不能耍阴谋。

镇远王爷都慌神了，哪里想到这些事情？如今听太后问起，仔细想了想，道："今日出门的时候，就吃了一碗芝麻羹。"

"芝麻羹？是谁做的？"太后又问道，芝麻羹不会有问题，芝麻乃是补肾护身的好东西，孕妇吃了无碍，只要不过量就不会有事。而且，镇远王妃自从怀孕之后便一直大便干结，还是御医建议她炒熟芝麻磨成粉末，煮羹吃的。既然芝麻羹不会有事，便极有可能是有人在芝麻羹里下了东西。

"是碗娘做的，叶儿的饮食一直都是碗娘负责。"碗娘是太后指派给镇远王妃的，所以碗娘是绝对可以放心。

说话间，御医出来了，径直走到太后面前，神色凝重地道："镇远王妃是中毒了，如今又动了胎气，必须先得把孩子生下来，如今微臣已经命人去熬催生药。"

"才七个月，生下来能活吗？"镇远王爷急得几乎要冒烟了，瞪圆了眼睛问御医。

御医不敢确定："七星子有的是存活的例子，但是，王妃如今中毒，加上胎位不正，微臣不敢肯定。"

太后"啊"了一声，骇然问道："为何会胎位不正？这……之前让你们看着，你们不是都说很正常的吗？"

御医解释道："回禀太后，镇远王妃的胎儿确实正常，如今胎位不正，在七月来说，不算大事，之后是可以慢慢调整的，到瓜熟蒂落的时候，胎儿的位置恢复正常是大有可望。只是如今忽然早产，一切就变得棘手起来。而且……"御医说到这里，便顿了一下，有些犹豫地看着太后。

太后急道："你倒是说啊，而且什么？有什么坏事一并说出来，哀家承受得住。"

御医沉重地道："而且，依照微臣的推断，王妃中毒，很大的可能连胎儿都会中毒，所以，即便能把孩子生出来，也未必能……"最后一句大不敬的话，御医是如何也不敢说出来了。

只是众人都知道他的意思，也就是说孩子即便能顺利出生，也可能是死胎。

太后只觉得眼前陡然一黑，天旋地转起来，温意就站在她身边，连忙出手扶着，然后掐她的人中，宋云谦惊疑地瞧着温意，温意轻声道："皇祖母，如今还不是伤心的时候，镇远王妃还需要您的鼓励。"

太后缓过来，忍住悲痛对御医道："哀家不管你们用什么办法，必须保住镇远王妃！"孩子，还会有的，他们还年轻。

镇远王爷的心已经凉了半截，喃喃地道："若叶儿有什么事，本王该怎么办？"一个铮铮铁汉，说出这样的话，可见他对妻子的情深意重。

几名御医一同进了初阳殿。此时稳婆遵照御医的吩咐，给镇远王妃灌了催生药，而后不断地为王妃揉肚子。王妃神志已经有些涣散，但是痛楚一拨一拨地袭来，她抓紧床单，咬得嘴唇都出血了，却愣是不喊半句。

她知道自己的丈夫就在外面，她若尖声喊出来，必定会吓到他，她不愿意他担心焦虑。

皇帝此时也急忙赶到，问清楚了情况，便安慰太后道："母后，您不必着急，蓝御医医术高明，一定可以救叶儿和孩子的。"

太后见儿子来了，心才定下，她忽然想起一件事情，转头看着宋云谦："三儿，你不是认识一个叫诸葛神医的人吗？赶快让他入宫来！"

宋云谦叹息一声道："皇祖母，诸葛明已经离开京城，要半个月后才能回来。"

太后一愣，神色便有些呆滞了："怎么会如此巧合？莫非一切都是注定的？"

产房里忽然传出一声撕心裂肺的尖叫，镇远王爷闻言，随即就要冲进去，太后连忙命人拦住他，急急地道："产房血腥，不能进，不能进啊！"

镇远王爷心都快碎了，急得眼睛通红，瞧着太后道："皇祖母，您让孙儿进去吧，孙儿实在没有办法站在这里，任凭叶儿独自忍受痛苦。"

皇帝上前道："荒唐，你乃是堂堂男儿，怎可进产房？再者，你进去又能如何？你一不懂医术，二不懂生产之道，进去只会添乱。"

镇远王爷跪下，连连磕了三个响头："儿臣虽不是大夫，但是儿臣在她身边，就能给她勇气，支撑她的信念，父皇……求父皇准许儿臣进去。"

容妃见皇帝面容阴沉，她心中也着实着急，便急忙上前道："继儿，你莫要慌张，母妃这就进去陪着叶儿，你安心在此等候。"说罢，便急忙领着两个嬷嬷进了产房。

太后对宋云谦道："三儿，你先领着洛衣和侧妃出宫，免得吓坏了她们。"生产之苦，对未曾生育过的女子来言，无法想象，太后怕在她们心里留下阴影，一旦日后怀孕之时，造成心理压力，这对胎儿是大大不好的。

洛凡也被刚才的尖叫声吓怕了，上前福身道："太后不必太过忧心，镇远王妃一定能够产下麟儿，母子平安的。妾身与王爷就先行告退，免得在这里碍事。"

宋云谦也点头，抬头瞧着温意，道："走吧！"

温意摇摇头："我不走，我要留在这里。"

宋云谦一愣，微微愠怒："你留在这里也不能帮忙，只会碍手碍脚，走吧！"

温意道："默默支持也是一种力量，就算不是支持王妃，也可以在这里守护着皇祖母，王爷先送洛凡出宫吧！"

她见洛凡脸色都吓白了，便让宋云谦先送她出宫。温意早前在医院实习的时候，也曾经跟着妇产科医生进入产房里学习，还做过无国界医生两年，在非洲为难产的孕妇做过剖宫产手术，她知道女人在生孩子的时候，若遇上难产，在医疗条件落后的地区，等同在地狱走了一圈。

太后与皇帝听了温意这句话，都有些微愣，不约而同地侧头看着温意，皇帝微微颔首，道："洛衣有心了，你就陪着你皇祖母，随时宽慰着她老人家吧。"

洛凡见皇帝出言赞赏温意，心中大为嫉妒，同时也觉得这个往日鲁莽霸道的姐姐变了许多，若是往日摊上这些事，她只会害怕躲闪，不会主动留下，看来她是执意要在太后和皇上面前表现一番了。想到此，她便道："那，妾身也陪着太后娘娘吧。"

宋云谦见两个人都不走，他自然也不能走的。况且，他与镇远王爷最为亲近，出了这样的事情，此刻自然应当在他身边支持，便道："那好，既然都不走，就都留在这里。"

产房中，镇远王妃的嘶喊声不断传出来，温意暗暗握住拳头，心中焦急，很想冲进去看看情况。但是她知道太后不会准许，只得焦急地站在原地，她握住太后的手也微微收紧，太后吃痛，侧头看着她，见她神情焦虑，不像是装出来的，心道：这孩子，着实宅心仁厚。心下对温意便又多了几分好感。

蓝御医脸色惨白地走出来，冲到太后和皇帝面前，神色凝重地道："镇远王妃昏

过去了，催产药灌下去，却没有半点儿作用，微臣等……束手无策！"

太后倒吸一口凉气，而那边镇远王爷已经疯子一般冲了进去，太后连忙吩咐人拦着，只是哪里还拦得住？幽暗血腥的产房充斥着一种颓败死亡的气息，容妃坐在床头，不断地为镇远王妃揉着人中、眉心，然后拍打镇远王妃的脸颊，眼泪已经掉下来了，口中喊道："叶儿，再坚持一下，不能睡啊，快醒来，孩子马上就要出来了，再坚持一下……"

而镇远王妃此时嘴唇乌黑，脸色白得跟宣纸一般，纵然是深秋初冬的天气，她依旧一身的汗水，头发凌乱地黏在额头，如同刚从水里捞出来一般。她气息微弱，眼睛半合着，已经是半点儿反应都没有了。

镇远王爷冲到她身边，抱着她，嘴唇都哆嗦了："叶儿，能听到为夫的声音吗？快起来，为夫在这里，不要怕，不要怕，为夫会一直陪着你……"说到最后，他的声音带着压抑的呜咽，躺在床上的是他的妻儿啊，他满心期待的新生命，却想不到会断送了他挚爱女人的生命。

也许是夫妻同心，镇远王妃听到丈夫的喊声，渐渐地恢复了神志，她微微睁开双眼，气若游丝地喊了一声："王爷……"

她一醒来，立刻便有御医上前灌参汤，镇远王妃睁开眼睛，瞧着镇远王爷，眸子里带着无尽的依恋和不舍，还有深深的痛楚。参汤灌下去之后，镇远王妃似乎恢复了一些力气，她握住镇远王爷的手，断断续续地道："我……怕是不行了……答应我，不要为我伤心……好好地……"

"不许说话，不许说话，留点儿力气！"他俯下头，亲吻着镇远王妃的脸，然后对着她隆起的肚子怒吼："你快点儿出来，别害死了你娘亲，出来啊！"

镇远王妃虚弱地摇摇头："不要骂他，他比我还痛苦……"母子连心，镇远王妃不为自身而伤心，只为孩子终究无法来到这个世界而难过。

容妃到底担心儿子，男人进入产房，乃是自古以来的禁忌，她上前拉着镇远王爷，劝说道："继儿，你先出去，你不能留在这里。"

镇远王爷哪里愿意出去？眼看着自己的妻子受尽折磨，生死未卜，他是无论如何都不愿离开。

倒是御医，上前拉着镇远王爷道："王爷，微臣有事要跟您说。"

镇远王爷闻言，心里也猜测到应该是说叶儿的情况，他便俯身对王妃道："为夫出去一下，很快就回来陪你！"

镇远王妃已经疼得说不出话来了，面容微微扭曲，眨了眨眼睛，算是应了。

镇远王爷跟御医出去，太后与皇帝也围了上来，询问里面的情况。

御医道："由于王妃身中奇毒，这种毒如今还未入侵心肺，理当要封住她的穴位，防止毒素继续漫延……"

"那本王立刻为她封住穴位！"镇远王爷不等御医说完，便立刻道，若是这样做能有一线生机，他当然是要立刻去做。

御医为难地道："问题就出在这里。如今催产药已经服下，宫口却没有开，生孩子的事情，旁人是帮不得的，必须要王妃自己用力，所以封住了王妃的穴位，固然是可以阻止毒素漫延，可同时，也会让她丧失力气，孩子也无法出生。如今胎动已经没有，相信胎儿已经在腹中窒息，可无论胎儿是否活着，都必须要把他生下来，王妃才有一线希望。"

换言之，就是左右为难了。

众人脸上一片颓然之色，镇远王爷蹲在地上，双手抱头，痛苦地道："那是不是要本王亲眼看着叶儿在本王面前死去？"

太后脸色苍白，悲痛地道："哀家一生信佛，晚年一直茹素，为的就是皇家血脉，老天爷啊，您休要太狠心了！"

温意沉吟了半晌，上前问御医，"那如今的情况，是否控制住毒液运行，就能让王妃顺利产下孩子？"

御医瞧了温意一眼，没想到她会忽然发问，他照实回答："阻止毒液运行，必须要封住穴位。但是，就算有不用封穴也能阻止毒液运行的方法，按照王妃如今的体质和胎儿横胎的问题，王妃也无法顺利产下孩子。"

换言之，就是无论如何都是死！

温意问道："那若是剖腹把孩子取出来呢？"

众人愣住了，齐刷刷地看着温意。

宋云谦怒道："你休要乱说！"把肚子剖开，人都死了，莫非是要杀死大人再把死婴取出来吗？

御医也愣住了："宁安王妃所言，其实并非胡话，微臣曾经从一本古籍上看过剖腹取子的例子。但是，如今太医院里的御医，没有人可以做到这一点。"

温意道："我可以做到！"

此言一出，众人又是一愣。镇远王爷猛地站起来，也顾不得男女有别，拉着温意的手臂，急急地问道："你懂？你真的懂吗？你能确保叶儿安全吗？"

"继儿，病急乱投医不是一个好办法，你休要慌张，且听御医说说还有什么办法。"皇帝蹙眉道，略有些不悦地瞧了温意一眼。

他乃是一国之君，对温意的话自然是不相信的。一个从未接触过医学的人，如何懂得古籍上的医方？而且还要把人的肚子剖开……

太后也是不相信温意的，她不悦地道："此事非同小可，不能逞强，再说，哀家从未听说过你懂医术。"

温意见众人都反对，自然是不敢再说了。毕竟，一旦出事，要她一个人的性命无碍，只怕要连累杨洛衣的家人，这罪过可就大了。只是要她眼睁睁地看着镇远王妃和孩子的生命在她眼前消失，她也做不到。

正当犹豫不决的时候，产房里传出了容妃的惊呼声："御医，御医，快来啊，出大红了！"

众人闻言，心都吊在嗓子眼，出大红，而且是在孩子还没出来的时候就出大红了，是否意味着毒素已经到达胎盘，对胎盘造成无可逆转的伤害了？

温意一惊，再拖下去，王妃和孩子都会死的。她在太后和皇帝面前一跪，学着方才镇远王爷那样连续磕了三个响头，道："皇祖母，父皇，请让我去试试，若我失败了，我愿意自刎谢罪，一命赔一命！"

容妃跟跟跄跄地冲出来，哭喊道："没呼吸了！"

温意再顾不得那么多了，急忙推开面前的一个宫人要冲进去，却被宋云谦一手拉着手臂，他冷厉地看着她怒道："你想干什么？"

温意来不及跟他解释，一用手，竟也不知道为什么力气会这么大，一甩竟就把宋云谦甩了一个跟跄，她急声道："我进去看看！"说罢，便飞奔了进去。

镇远王妃躺在床上，仿若败絮一般，全身都被汗水浸透了，身边围着两名御医在抢救，她挤上前去，施展心外压抢救，嘴对嘴的人工呼吸，御医都愣住了，都不知道温意在做什么。

太后与容妃也进来了，身后还跟着几名嫔妃，本来尊贵如她们，是不该进来的，但是生死关头，谁都顾不得那么许多。

而镇远王妃在温意的抢救之下，终于抢回了一口气，御医骇然地看着温意，这……分明是没了呼吸啊！

太后狂喜，道："活过来啦，活过来啦！"

温意抹了一把汗，回身跪在太后身前，道："皇祖母，求您让我试试，准备剖宫产吧！"

太后见她救醒了王妃，沉吟了一下，问御医："你们可还有什么法子？"

两名御医连同刚才在外面回报情况的蓝御医都一同跪下，面色颓然地道："微臣无能！"

换言之，他们是没有任何的法子了。

救人如救火，太后也深知这个道理，抬头问镇远王爷："你怎么看？媳妇是你自己的，你做决定。"

镇远王爷之前听到说没呼吸了，心中早已绝望，如今看到温意三两下救醒了王妃，便把全部的希望寄托在温意身上，他慎重地点头："孙儿认为，该让弟妹尽力一试！"

温意松了一口气，急忙回身命人准备东西。自然是没有手术刀的，但是在皇宫内要找一把锋利的匕首不是难事。随后的针线，高度烧酒，火盘消毒，还有剪刀，全部找齐。

如今最艰难的，就是没有麻醉药。温意看着镇远王爷："你们刚才说的封穴，能否让她没有知觉？"

镇远王爷道："可以！"

"好，劳烦王爷为王妃封住穴位！"她又命人先给王妃灌了一碗参汤吊神，才开始准备手术。

容妃扶着太后出去了，宫人搬来几张椅子，让主子们坐着，只是太后却坐不住，在门口不断地徘徊。

时间一分一秒地过去，里面却悄无声息。大家心里其实都已绝望了，这中毒、横胎、早产，加上见大红，孕妇死过一次，基本是没救的。

宋云谦站立着，紧蹙眉头，死死地盯着产房紧闭的大门，他心里有一种奇异的情愫，一种奇异的激动，甚至掺杂着盼望，他希望可以看到温意立刻走出来，然后跟大家宣布，王妃活过来了。

"母后，不用太担心，先坐下来休息一会儿，叶儿一定会吉人天相的！"皇帝扶着太后劝道。

太后全身无力地坐在椅子上，脸色苍白，呼吸困难起来，她一直都有哮喘病，方才压力过大，又晕过一次，身体其实早支撑不住了，只是王妃在里面生死未卜，她强

撑着自己的身子罢了。

她面如死灰地道:"御医说孩子是救不活了,如今只盼着叶儿能平安度过这一劫。"

皇帝心中也不好受,毕竟这个是他第一个孙子,自从王府宣布喜讯,他便充满了期待,甚至连名字都起好了,无论是男孩还是女孩,都叫宋安然!

如今,孩子不能安然,希望母亲安然吧!

大家把唯一的希望寄托在温意身上,但是谁都知道,这个希望是多么渺茫。

镇远王爷一直蹲坐在门口,凝神听着产房里的动静,仿佛只要有任何的风吹草动,他便要立刻冲进去。

就这样,过了约莫大半个时辰。屋内还是没有任何消息。

太后有些坐立不安了,像是想起什么似的,回头对一名嬷嬷道:"赶紧地,去把哀家的佛珠取来!"

嬷嬷急忙应声而去。过了一会儿,便见嬷嬷取来一个金黄色的锦盒,打开锦盒,一条沉香木佛珠就静静地躺在锦盒内,太后双手合十,念了一句,然后才伸手颤巍巍地拿起佛珠,闭上眼睛,捏着佛珠,口中也默默地念了起来。

此时,产房的门打开了,稳婆急匆匆地走出来,她本是辅助王妃生孩子的,但是如今已经沦为跑腿丫头。

镇远王爷立刻站起来,一把拉住她问道:"怎么样?"

稳婆福福身子急道:"王爷休要问奴婢,奴婢去取热水!"说罢,又急匆匆地走了。

热水取来之后,门又关闭上。方才温意说过,谁都不许进去打搅她,否则会"滋生"什么"细菌病毒"引起危险。所以,即便镇远王爷多么想冲进去了解里面的情况,都不敢轻易违背温意的话。

洛凡此刻的神情是十分复杂的。当然,她心底不希望温意真的能救王妃。她甚至觉得十分奇怪,为何杨洛衣竟像是变了个人似的?她可以做证,杨洛衣是从来没有学过任何的医术。

她不知道杨洛衣为什么会变得这么大胆,因自小被封为御晖郡主,杨洛衣一直都是高高在上的,她要一直讨好这个所谓的姐姐,才能得到父母的宠爱,而这位姐姐,装得是温婉贤淑,温柔大方,但只有她才知道,杨洛衣其实是一个自私小气、心胸狭隘的人。

杨洛衣已经抢了她太多东西了，不能再让她抢走王爷的心。

时间一分分地流逝，开始的时候，大家也还能安静地等候，如今都过去一个时辰了。许多在院内候着的嫔妃开始轻声议论，皇帝也有些坐立不安，只是他见太后依旧一脸泰然地坐在椅子上默念佛经，他也只好忍着。

宋云谦在这个时辰之内，几乎是没有动过，一直维持着同一个姿势。杨洛凡往他身边靠了一下，道："王爷不必太过忧心，王妃一定会吉人天相的！"

宋云谦哑声问道："她学过医术吗？"

杨洛凡轻声道："据妾身所知，没有。"

宋云谦摇摇头："不知死活的人，她要死，本王也不拦着她！"口中虽是如此狠毒地说着，但是心里竟觉得有些难受。因为他知道这一次若是救不活镇远王妃，皇祖母最后一定会怪罪下来。王妃若就这样死去，至少是完整的身体，可现在硬生生地剖开了肚子，还是逃不掉厄运，那么，严格来说，便算不得是完整的遗体。皇兄与皇祖母一定会因为这些而怪罪她。虽不至于是死罪，却也够她受的。

他微微甩了一下头，为何要替那女人难过？这么恶毒又不知天高地厚的人，死了也不足惜，况且，她还是害可儿的凶手。这样想着，脸色便冷了起来，活像那女人马上就要死了一般。

像是过了一辈子之久，里面，终于听到了一些动静。

是一声婴儿的啼哭！那啼哭声虽然微弱，但是却如同寂静的黎明一声洪亮的鸡啼，替暗黑的天空撕开一道裂缝！

太后猛地站起来，嘴唇哆嗦着："是孩子的哭声吗？是吗？"

镇远王爷整个人跳了起来，脸上陡然被狂喜侵袭，他微微扭转脑袋，回头看着太后，也看了看众人，不确定地问道："大家都听到了吗？是孩子的哭声吗？"

门"咿呀"一声被打开，这一次走出来的不是稳婆，而是蓝御医，刚才温意留他在里面帮忙。

他神情有些痴惘，带着满脸的不敢置信，以致嘴唇和双手都微微哆嗦，他声音略微颤抖地对镇远王爷道："恭喜王爷，母子平安！"

镇远王爷闻言，就要冲进去，却被御医拦着，御医道："宁安王妃说如今还不能进去，她还在为王妃缝补伤口！"

太后脸上露出一个虚弱的笑容，她站起来，嘴唇微微开启，还没说话，身子便直挺挺地往后倒去，身后的宫人连忙扶着她。皇帝急忙命人把太后送回寿宁宫，又令此

刻初阳殿的大小御医齐齐转阵前去为太后诊治，只留下几位照料王妃。

皇帝脸上的担忧全数卸下，只余满脸的狂喜，连声道："太不可思议了，实在是太不可思议了！"

蓝御医也愣愣地道："实在是奇迹，孩子抱出来的时候，已经没了呼吸，全身青紫，分明是窒息了。但是，王妃倒吊着孩子，拍打了一会儿，那孩子竟然活过来了！"

众人闻言，又是一阵骇然。大家的眸光齐刷刷地看向宋云谦，宋云谦顿时觉得一种自豪感腾上胸口。

一名嫔妃想起方才说的见大红，便上前问道："那方才说见大红了，如今怎么样啊？止住了吗？"

蓝御医道："止住了，只是，宁安王妃说镇远王妃还不算安全，镇远王妃身中奇毒，若不能解毒，只怕也是……"

众人的心立刻又吊了起来，镇远王爷蹙眉问御医："知道所中的是什么毒吗？"

御医摇摇头，瞧着皇上道："皇上，记得前年，匈国曾经进贡过一朵天山雪莲，这天山雪莲能解百毒，不知道能否给镇远王妃服用？"

皇帝见母子平安，早开心得不得了，区区雪莲哪里会吝啬？遂立刻命人开冰库去取。

雪莲很快就熬成药汁送了过来，这药汁金黄色中透着一丝淡青，是加了千年人参做药引，解毒之余还能固本培元。镇远王爷守在王妃身边，温柔地为她擦去汗水。

当温意拖着几乎虚脱的身子走出来的时候，迎接她的是一片惊叹之声。

温意下意识地抬头寻找宋云谦的身影，见他站立在秋阳之中，身影被金色的阳光包围着，脸上也终于不是那责备沉郁之色，她心一松，他若是相信自己的医术，那么，只要哀求几回，总会让她去看可儿的。

皇帝走上前来，赞赏地道："洛衣，你救了朕的孙子，朕要封赏你！你想要什么，尽管说！"

她思索了一下，道："谢父皇，儿臣希望父皇能应允一件事情！"

"尽管说，莫说一件，哪怕是十件，朕也应了！"皇上心头正开心着，遂开怀地道，赏赐莫过于金银珠宝，这些东西，他从不吝啬。

温意笑道："这孩子是儿臣从鬼门关拉回来的，希望父皇准许儿臣做孩子的义母！"温意这个要求也不是随口提出来的，她做了孩子的义母，那镇远王爷夫妇跟她的关系就不仅仅是弟妹妯娌的关系，日后自己有事，还能仰仗他们。

皇帝一愣，没想到温意求的是这件事情，他赞许地瞧着温意，嘴角泛起一抹浅笑道："没有你，就没有这孩子了，你大概是孩子命中注定的贵人，朕准了，以后你便是安然皇孙的义母！"

容妃也拉着温意的手，感激堆满脸颊，笑语晏晏地道："洛衣，这一次你救了叶儿，也救了本宫的孙子，是本宫的大恩人，本宫不知道该说什么好，以后但凡有人欺负你，你就来跟本宫说，本宫替你教训他！"说着，便横了宋云谦一眼，方才在寿宁宫里，她可是亲耳听到温意怎么说的，那时候她已经感慨良多，想不到温意后来还救了她的儿媳妇和孙子，她如今对温意是真心怜惜了。

温意谦逊地笑道："谢容母妃的爱怜！"

就在大家都以为镇远王妃会没事的时候，忽然御医跑了出来，脸色惨白地道："药汁灌下去之后，王妃没呼吸了！"

第五章 雪上加霜

众人脸色一变，下意识地看向温意，谁也没有想到，王妃怎能一转眼间就变了个模样。

温意也愣住了，不敢置信地问道："怎么会？天山雪莲不是能解百毒的吗？怎么会这样？"

她急忙跑进去，只见镇远王爷抱住王妃，伤心得哭不出声来。

温意急忙上前诊脉，脸色陡然一片惨白，天啊，真的没脉搏没呼吸了，明明刚刚已经没有问题了，怎么会在服食雪莲之后变成这样？

怎么会这样？刚才还好好的。她瞧见镇远王妃的嘴唇和脸比之前更黑，双眼睁开，嘴角有一丝黑血流出来，凝固在了嘴边。分明是中毒至深的迹象啊！莫非有人在雪莲中做手脚，来不及细想，她连忙抢救，让御医为她金针刺穴，希望还来得及。

"快，准备盐水！"温意着急地喊道，"要多，用大盘装上来！"刚才施行手术，一直是封住穴位的，希望毒液来不及漫延，只是镇远王妃经历了刚刚的产子，恐怕现在的身体状况挺不住再这么折腾下去了，但此刻只能死马当活马医了。

她推着镇远王爷："小心地扶起她，注意腹部的伤口！"

镇远王爷闻言，手忙脚乱地扶着王妃，让她的身子微微往床边侧着。

盐水很快就送上来了，温意用手探了探水温，然后又命人准备绿豆汤，虽然刚生产的孕妇不能喝太寒凉的东西，但是如今生命危在旦夕，也顾不得许多了。可是温意真的没有办法保证能把她救回来。

温意开始灌盐水，但此时的王妃已经没有了反应，那盐水压根灌不下去。刚入口中就流了出来，若是一直这样下去，就真的连希望都没有了。温意急得哭了出来，一边哭一边喊道："你千万要撑住，不能放弃！你的孩子七个月出生，很虚弱，需要娘亲照顾，你千万不能放弃，想想你的夫君，想想你的孩子，要是没有你要怎么办？想想你的爹娘！他们承受不起白发人送黑发人的痛苦……"

就这样喂了一会儿，又去做心外压和人工呼吸。温意的经验告诉她王妃只是休克，并非是真的死了，但是因为中毒太深，又没有科学仪器支持，所以即便是休克，也很有可能不会再醒来。她现在唯一的办法就是唤醒她，不管用什么方法，只要她醒过来就算过了鬼门关，剩下的事情她也就有把握了。

殿外，皇帝震怒，命人彻查天山雪莲被下毒一事。在天子跟前也敢做这样阴暗歹毒的事情，真是不要命了，对于皇帝来说儿媳妇死了事小，但是胆敢挑战他的权威事大。

宋云谦主动请旨调查，他领着太医院的院判亲自督查，从取药、煎药、送药的各个环节入手，但凡接触过药的宫人全部都审了一遍，却都没有发现可疑的人。

药从冰库取出来，是皇帝身边的总管卫公公领着两名宫人去取的，在取药的过程中，卫公公一直全程监督，药没有离开过他的视线。

药被送到太医院，由于天山雪莲是十分稀罕的药材，所以由太医院的陈御医亲手煎药，在煎药的过程中，卫公公也是全程监督的，其间没有离开过半步。

药煎好之后，是容妃宫中的掌事宫女郁紫亲自端去，而其间，卫公公也全程监督，也就是在整个过程中，卫公公双眼都没有离开过天山雪莲。从天山雪莲自库房取出，直到煎熬成药端上去，卫公公都可以做见证。

宋云谦怀疑过卫公公，但是据所有参与的人所言，卫公公只是全程监督，他自己本人没有碰触过药材，所以不可能是他下毒。

但是药被人下毒了，是千真万确的事。也就是说，在这个过程中，一定有人动了手，且神不知鬼不觉。但凡接触过药的人都有嫌疑，煎药的太医、一直全程监督的卫公公、容妃宫中的宫女郁紫，都有嫌疑，但是审问过之后，却排除了一切可能。相互之间都可以证明，这些人总不会全都串通一气来说谎。

产房里，温意已经给王妃喂下几碗绿豆水，王妃刚生产完毕，身体很虚弱，绿豆水过于寒凉，且从中医的角度来讲，生产与绿豆本是相克的，这个办法只能作罢。

没有洗胃的工具，温意只能动手帮王妃催吐，这样折腾，大伤元气，却也是没法子的事情。

镇远王爷已经彻底放弃了，他跌坐在椅子上，双手蒙面，肩膀抽动，男儿泪从指缝里流出来，滴滴落地。

温意没有放弃，让御医继续为她揉人中，自己则用急救术抢救。

她吩咐人准备黄芪灵芝汤，黄芪能增强心肌的收缩力，对中毒或疲劳导致的心脏衰竭作用更为明显，也有扩张血管、降压和利尿作用，灵芝的解毒功能也十分显著，如今是病急乱投医，也管不得其他了，先服用再说。

吐得差不多了，就开始喂黄芪灵芝汤，一碗下去，人没醒来，第二碗就紧跟着喂下去。黄芪有强心的作用，希望这种强心剂对她是有用的，至少能让她暂时缓过来一口气。

门外等候的人心急如焚，容妃已经陪着太后跪在佛堂里，求着佛祖保佑镇远王妃，只是眼中却有一丝异样闪过，快得叫人无法察觉。皇帝还是不愿意离去，如今在

偏殿跟着着急,等着产房那边的消息。

只见宫人忙进忙出,神色仓皇,皇帝的心也一阵阵地发紧。他能理解儿子,那种失去挚爱的痛苦,他再了解不过了,恍惚想起自己也有过那种感触,不禁为自己的这个儿子着急。

杨洛凡与一众嫔妃在产房门外候着,众人都十分揪心,唯独杨洛凡一个人,她希望温意一会儿垂头丧气地走出来,跟大家说镇远王妃没救了。

她不恨镇远王妃,她只是不想温意立功,温意本已经得了皇后欣赏,宠在心尖,如今太后对她又另眼相看,她救了皇孙,拉拢了容妃和太后,连皇帝都对她投以赞赏的眼神,若是再让她救回镇远王妃,得到镇远王爷的感激,自己要扳倒她,坐上正王妃的位子,就难上加难了。

她与众妃一样口中念念有词,众妃往日的关系不太好,但是如今躺在里面的,到底不是宫中的妃子,没有利益关系,她们是站在女性的立场上去支持镇远王妃的,女人生产,是一只脚迈进鬼门关的,妃子们都知道这个情况。所以作为女子,难过也是在所难免的。她们此刻什么心思都没有,都希望王妃能够挺过来才好!

镇远王爷痴痴地坐在椅子上,手里握住腰间的长剑,只要御医宣布王妃薨了,他就立刻自刎在王妃面前。留他独活,太残忍了。他要如何面对往后千千万万个没有她的日子?人人都道他是铁汉英雄,战场上从不心怯,从不手软,在边疆竖起一道坚固的屏障,让敌国望而止步。可他这辈子所求的,只不过是一个温馨的家,有他所爱的女子,或添几个孩子,如此便足矣。

若这一切都失去,他也失去了活下去的勇气。

说他是懦夫也好,说他辜负圣恩也罢,他只是忠于自己的感情。娶她的那日,便说了生死相随,她死,他不会独活。而他也相信,若他战死沙场,她也势必跟随他而去。

御医已经放弃了,温意却像是入魔了一般,无论如何也不放手。

镇远王爷轻声道:"弟妹,算了,不要折腾她了,让她安心地去吧!"

温意抬头,脸上满是焦灼的神色,她固执地道:"不,她还没死,还有救!只要她醒过来……"

镇远王爷苦笑,凄然道:"呼吸已经停止了,本王不能再让她受苦!"他推开温意,上前温柔地抱起镇远王妃,柔声道:"叶儿,为夫带你回家!"

温意拦在镇远王爷面前,额头有汗水滑落,满眼执念,劝道:"王爷,不能放

弃,只要她缓过来,我就能救她,求您让我再试试!"

镇远王爷摇摇头,抱着王妃便要走。

温意猛地站起来,扬手就给了镇远王爷一个耳光,怒道:"放下她,她是我的病人,没有人可以动她!"

镇远王爷愣愣地看着她,眼里多了一抹厌恶:"她已经去了,你何苦还要折腾她?"

御医们见温意如此激动,已经远远超出妯娌之间的关怀,大家怕她惹祸出事,也纷纷劝温意:"算了,王妃中毒已深,加上产后出血,大罗神仙都难救了,宁安王妃,还是算了吧。"

温意却执意拦在镇远王爷面前,道:"请王爷放下她。她虽是你的妻子,但她没有放弃,我也没有放弃,没有人可以逼我们放弃!"她自知自己力气不大,却还是强行从镇远王爷怀里抢镇远王妃,本以为抢不动,谁料情急之下,她的力气竟比平常大了许多,镇远王爷手一松,王妃就落在她手上了。

温意吃力地抱着王妃,放置在床上,她伸手探脉,看瞳孔,还有生命的迹象,她不愿意就这样放弃。

镇远王爷被温意的固执镇住了,他愣愣地看着温意的举动,虽然觉得温意所做的一切都是徒劳的,但是那种厌恶慢慢消除,取而代之的是一份感动。

他感谢温意,能这样毫无保留地去救叶儿。

参汤上来了,又继续灌了黄芪灵芝汤,开始的时候,汤药从王妃的嘴角流出,但是慢慢地,竟然灌进去了一些,最后,镇远王妃被汤药呛了一下,竟然缓了过来。

温意瘫软在地上,双手掩面,身子微微颤抖,终于,暂时把王妃拉了回来。

镇远王爷与众御医皆是一愣,镇远王爷脸上露出小心翼翼的狂喜,怕这份狂喜太过明显,会招惹老天嫉妒,他伸手抚摸着王妃惨白的脸,含悲带喜地唤了一声:"叶儿!"

镇远王妃缓缓睁开眼睛,浑身难受得要紧,她一句话都说不出来,甚至连凝神看镇远王爷的力气都没有,只是那么轻轻地瞧了一眼,嘴角露出一丝满足的笑,又缓缓地闭上眼睛。

镇远王爷用颤抖的手探向她的鼻息,他缓缓地舒了一口气,虽然气若游丝,但还能感受到温热的气流。

温意知道情况不乐观,失血过多、身中两种毒,加上剖宫产的伤口,若弄不好,

发炎是随时的事情。这几日是关键,不能再封穴位,否则血液更不能流通,身体也复原得慢,本来已经失血过多,若再生不了新血,只怕危险随时到来。

镇远王爷哑声对温意道:"弟妹,谢谢你!"

温意抬起头,双唇微颤,她看着镇远王爷眼里的希望,心中不忍跟她说王妃目前的情况。但他是有知情权的,自己这样强行救回王妃,若最后还是保不住性命,只怕镇远王爷的希望落空,打击要比之前更大。

她道:"王妃还没脱离危险。"

一句话,道尽一切。

镇远王爷明白,御医也明白,相信王妃心中也明白。

宫女搀扶着温意出了初阳殿的正门,贵妃上前问道:"如何?"

宫女福身道:"回贵妃,王妃暂时救了回来。"

众人松了一口气,杨洛凡的神色有些复杂,她的眸光落在温意脸上,温意发际濡湿,脸色苍白,虽有宫女搀扶着,但是双腿还是有些发软,站立不稳。

此时,宋云谦领着侍卫进初阳殿复命,见到温意出来,他连忙上前问道:"皇嫂情况如何?"

温意抬头看他,如此秋寒的日子,宋云谦的额头却有细碎的汗珠,可见刚才一路多匆忙,她知道他要为王妃查出凶手,不管宋云谦之前对她如何,但是他与镇远王爷这份兄弟情深让她感动。

她哑着嗓子道:"刚缓过来,但是还没脱离危险。"

宋云谦一颗心落地,他看着温意的眼光多了一份温暖和赞赏,道:"你也累了,先去休息一下,本王还要继续调查,晚上再领你们出宫。"

温意"嗯"了一声,她稳住心神,独自往前走了两步,眼前一黑,整个人往前扑去,宋云谦眼疾手快,在她跌倒在地之前抱住了她,急唤道:"杨洛衣,杨洛衣,你怎么了?"

温意之前因为情绪紧张,如今乍一放松,便有些虚脱。她撑住身子站稳,甩甩头,道:"我没事,大概是因为没吃东西。"

"小菊……"宋云谦正想唤小菊进来,杨洛凡已经一步上前,扶着温意,温婉地对宋云谦道:"王爷,妾身一定好生照顾姐姐,王爷去忙吧。"

宋云谦眉目有些温暖,凝视着杨洛衣道:"那辛苦你了洛凡,你扶她去偏殿休息,命人给她张罗些热食!"

杨洛凡低眉顺眼，乖巧懂事地道："是，妾身知道。"

她的手落在温意的腰间，另一只手握住她的手臂，柔声道："姐姐，妹妹扶你去休息。"

温意如今疲惫至极，已经不想去理会跟杨洛凡之间的嫌隙，只轻轻地道了一声："劳烦妹妹了！"

"姐姐累了，不要说话。"杨洛凡扶着她，一步步往偏殿走去。自然有宫女跟着去伺候收拾。杨洛凡扶着温意进了偏殿的房间后，便打发了宫人出去准备食物。

她把房门关上，回身淡淡地对着床上的温意道："我竟不知道你懂得医术。"

温意躺在床上，闭着眼睛，脑子却是不得安宁，她在想有何法子救王妃，乍听到杨洛凡的这句话，她愣了一下，随即淡然地道："我的事情你并非全部知道，正如我一直不知你原来如此讨厌我。"

杨洛凡没有再出声，经过今日，她知道自己除了王爷的宠爱之外别无所依。若在寻常家庭里，有夫君的宠爱便是一切，但在这里牵扯到太多的人，太多势力，连自己的夫君尚且要仰人鼻息，她如何能不低头？她已经对这位所谓的姐姐低声下气这么久了，不在乎多等些日子。

她知道，她要的始终都能得到，因为，她有王爷的爱。

皇后终究是不能护着杨洛衣一辈子的！

温意见她没说话，也懒得说话，脑子在飞速转动着，解毒的药草她知道不少，但是不知道王妃所中的到底是什么毒，很难对症下药。除非，有一样中药能够解除百毒，否则，漫无目的地去找，就算最后找到，王妃也等不到了。

"其实，"杨洛凡沉默了一会儿，又缓缓地道，"我对你并无敌意，只是上天让我们爱上同一个男人，我们不得已，只能为敌。"

"我对宋云谦已无感情，你爱他无所谓，只是你别来打搅我的生活，别处处与我为难，我自然不会找你麻烦。"温意有些烦乱地道，恩怨牵扯到感情，是最让人头痛的。

杨洛凡冷笑一声："姐姐什么时候变得如此虚伪，连自己的感情都不敢承认了？你自小就爱着王爷，此乃众所周知的事情，否则你也不会千方百计地嫁进王府，更不会因为王爷而处处刁难我，给我难堪。"虽然说了要忍着，但是听到姐姐说这句话，她还是沉不住气要讽刺她几句。虽然，那些所谓的刁难都是因为自己处处设下陷阱，杨洛衣这个人有一个好处，那就是不会耍心眼，直来直去，就算有气，也会直接发出

来，不会藏在心底，但是这样的做人处事方式，最容易得罪人，也最难得人心。

温意不想再搭理她，只淡淡地说了一句："信不信由你。"

杨洛凡止住了话题。温意躺在贵妃榻上，拉来一条锦被覆盖住自己的身体，阖眼休息。今日这一场风波，着实也吓着她了，原来女人的生命是这么脆弱，为自己深爱的夫君生孩子，竟也会丢掉一条性命。而更让她觉得忧心忡忡的是，这镇远王府如此和谐的地方，竟然也有下毒这样的事情出现。镇远王妃与世无争，仍旧处处危机，险些丢掉性命。所以就算你不去争，人家也未必会放过你。

这一刻，温意心中笃定，她无论现在还是将来，都不要做被人下毒陷害的那一个，她要先发制人，首先在王府里脱颖而出，成为王府第一人，稳住自己的位子，日后才不会被人欺负，才能有好日子过。

温意休息了一会儿，又起来吃了点儿东西，而后直奔太医院。

御医们顾不上用餐，所有人都在翻阅药书，皇帝下了命令，要太医院今日之内诊断出王妃所中何毒，好对症下药解毒。

院判大人见温意来到，连忙起身相迎。温意为王妃做剖宫产一事在太医院掀起了不小的波澜，院判是个虚心爱才之人，所以对温意便多了几分敬重。

"参见宁安王妃！"院判率人行礼。

"大家不必多礼，我来跟大家商讨一下王妃的毒。"

陈御医赶忙回应："卑职等正在翻阅古籍，但还是无法断定王妃所中的是什么毒。"

有医士为温意搬来椅子，温意坐下后，接过古籍看了一下，道："其实现在想查证什么毒费时太久，我怕王妃等不到，大家不如查查有什么药能解百毒。"

院判大人闻言，也觉得有理，道："宁安王妃所言甚是，与其这样耗费时间，不如查看一下有什么办法解毒，不知王妃是否听过灵草？"

"灵草？您是说甘草吗？"温意对诸位御医十分敬重，在医学上这些人都是她的前辈，尤其在中医学上。甘草又名灵草，可以缓解毒性，但是对付这么凶猛的毒，只怕起不到作用。

"非也，这种灵草生长在高山之巅，极寒之地，一山之中也就只有一两株，十分罕见，这种灵草能解百毒。"院判取出一册斑驳破旧的泥黄色古籍，书页上只依稀看到"巫医"二字。

温意问道："这本是什么书？"

"苗疆古巫医书，是卑职的师傅从苗疆带回来的，但是破损甚多，只有几页依稀可辨，这里记载有一种叫'灵草'的植物，能解百毒，叶子细长，叶齿锯形，墨黑色，叶上有细小圆圈，圈泛白色。"院判按照古籍念了出来，只是古籍中没有附加画像。

温意一愣，急忙取过古籍看，这种形状颜色的草药，她似乎在哪里见过。

她沉思了一下，脑子里顿时灵光一现，早先在一个中医研讨会上，有一位来自苗疆的教授曾经给她看过一幅这样的中药图片，但是当时忘记了这种草药叫什么名字，似乎是叫什么"含珠灵草"，有解百毒、固本培元的功效。

她惊呼："这种药草，我见过。"

当时那教授是用相机拍了照片回来，所以照片十分清晰。

众人大喜，院判连忙道："王妃见过？那实在太好了，是在哪里见过？能采回来吗？"

温意摇摇头："我没见过实物，而且也不能确定是不是这种解毒灵草。"

大家眼中的希望又熄灭了，天下之大，哪里去找？

院判鼓舞着大家的士气，道："总算是知道这种灵草的确存在，咱们现在继续翻查《大山杂记》，看看哪里盛产这种灵草。"

众人又是一阵翻书，一个时辰过去了，两个时辰过去了，天色渐渐黑沉下来，天空中有压抑的气氛，看来是大雨将至了。

御医们随便吃了些馒头抵御饥饿，王妃命在旦夕，众人皆心中忐忑。

"有了！"陈御医忽然跳起来，像个孩子似的手舞足蹈，"天狼山，这里记载天狼山上有这种灵草，王妃，您看看。"

众人急忙凑过去看，温意接过书念出来："天狼山盛产药材，附近毒蛇猛兽奇多，有进山打猎之人时常中毒，后一名叫含珠的少年发现山中有一种灵草能解百毒，且救下多人性命，为纪念此少年，将灵草取名为含珠灵草。"

温意狂喜道："没错，就是含珠灵草，我马上去天狼山！"说罢，便要起身。

院判大人连忙拦住，道："王妃不可，必须先请示皇上，让皇上派出侍卫前往天狼山，天狼山毒蛇猛兽多不胜数，而且山峰险峻，难以攀登，没有武功之人，怕连山腰都到不了。您只身前往，太过危险。"

温意想想也是，她压根不了解天狼山的地形，也不知天狼山在何处，于是点头道："那好，咱们马上去禀报皇上，请皇上示下！"

众人便连忙拿着古籍去找皇帝，皇帝听了院判之言，思虑片刻道："天狼山倒也不远，只是要攀登险峰，也不是件容易的事情。就算攀登上去，大家都未曾见过此种草药，茫茫大山，好比海底捞针。"

温意道："父皇，儿臣愿意陪着侍卫前去，儿臣认得此种草药，并且知道草药生长的地形和条件。"

皇帝蹙眉道："不行，你去太危险了，高山之巅，艰险异常，又有野兽出没，若出点儿什么事，朕要如何交代？"

温意急了，道："父皇，此事不容犹豫拖延，皇嫂的病情耽误不得，如今时间就是生命，拖延一刻，皇嫂就多一分危险。"

"那也要条件允许，现在说的不是绣花扑蝶，而是上山采药，路途凶险，你一个女人家，不知道天狼山的险恶。"皇帝严肃地道。

宋云谦此时也进来面圣，了解了事情的大概，便道："儿臣愿意领人入山寻找灵草。"

皇帝面容稍微和缓，颔首道："嗯，你去的话是再好不过，朕相信以你的武功机智，一定能够取回灵草。"

温意还想说什么，宋云谦淡淡地扫了她一眼，道："你见过灵草，把灵草形容出来，让画师画在纸上，本王带着上山，定能找到。"

温意知道说不动他们，便道："那命人准备文房四宝，我亲自画下，若是描述出来，怕始终不够逼真。"

"你会作画？"宋云谦怀疑地看着她，他与杨洛衣相识多年，琴棋书画，她没有一样懂的。

"算不得会，但是基本能画出来。"实则温意的作画功力非比寻常。

画纸在文案上一摊开，宫女在旁边磨墨，温意提笔蘸墨，闭眼想了一下灵草的形状，便宣于纸上，只寥寥几笔，一株草便跃然纸上，栩栩如生。

皇帝带着欣赏的口吻道："不错，想不到朕的儿媳妇画工竟如此出色。"

温意谦虚地道："父皇过奖了，儿臣的涂鸦功夫不堪入目，让父皇见笑了。"如此得体的对答，让皇帝对她又多了几分好感，赞叹不绝。

宋云谦有些复杂又有些怀疑地看着温意，莫非以前的她一直都在伪装？他分明见过她画的一只小狗，简直是目不忍视。

有了这幅画，事情就好办了。宋云谦道："儿臣立刻出发，三日之内，一定回来。"

温意始终想跟着去，但是皇帝和宋云谦都反对，她也没有办法了。

一直没有说话的院判大人忽然慎重地拱手禀报道："皇上，微臣以为，应该让宁安王妃一同前去。"

皇帝一愣，问道："何出此言？"

院判大人道："天狼山虽然凶险，但是有王爷在，想必要带王妃上山并非难事。最重要的是，如今我们单凭一张画纸在茫茫大山中寻找灵草，王爷与侍卫也不知道灵草的生长位置奇特，旁人更不懂得采摘之法，一旦破坏了灵草的根部，这天狼山上，只怕再难以找出第二株！"

"哦？采摘还讲究法子？"皇帝皱着眉头问，神色颇有些怒气。他是天子，却总是有那么多事情无法控制，他有种强大的无力感，这种无力感自然是不能表现出来的，此刻便以怒气掩饰。

温意回答说："回父皇，确实如此，灵草的根部很深，别看它只有短短的枝叶，但是根部却可以达到一丈之长，而灵草的根部，才是解毒的最重要部位，所以不能够被破坏。灵草的生长方式很奇怪，犹如猛虎，一山难容二虎，就是说一个山头，只有一株灵草，求父皇让儿臣随同前去，儿臣保证，不会拖累王爷的。"

皇帝瞧着宋云谦，询问道："皇儿，你的意思呢？"

宋云谦自然是不想带着温意出去，但是，如今为了救镇远王妃，私人恩怨也只能暂时放下，他拱手道："父皇，儿臣愿意带王妃前去，有她在，必定事半功倍。"

皇帝微微颔首，道："好，既然你这样说，那你就带着洛衣前去吧，但是记住路上小心照顾她，莫要让毒蛇猛兽伤害了她。"

"儿臣知道。"

温意舒了一口气，出了御书房，她对院判大人道："这三日，劳烦诸位大人继续给王妃用药，务必要保住她的性命，就算昏迷，可以适当地用封住穴位的方法来延迟毒性入侵内脏。"

"王妃请放心，卑职一定竭尽所能，护住镇远王妃！"院判大人慎重地答应，又道，"王妃一路小心！"

"嗯！"温意颔首，回头看着宋云谦，问道："那……我们是否现在就回去收拾东西？"

宋云谦淡淡地道："还收拾什么东西，马上就进山吧。"

温意道:"进山可以,但是我有好些东西要带着,你先陪我去一趟市集。"

宋云谦不耐烦地道:"现在是入山寻找救命良药,不是去游玩,有什么需要买的?饿了吃野果,渴了喝溪水,你要是坚持不住怕辛苦,就别跟着来。"

只是温意也很固执,她坚持要买,宋云谦只得气呼呼地送她到市集,然后把马车停在一边,等了她大约半个时辰,才看到她缓缓地背着一个大包裹从街头走来。

宋云谦并没有问她包裹里是什么东西，只是不甚耐烦地道："现在可以走了吗？"

温意瞧了瞧他身后，问道："就我们两个去吗？"

"不然你还想多少人去？本王警告你，你最好不要给本王惹麻烦，自己顾好自己，本王不会照顾你。"宋云谦冷冷地道。此去天狼山，凶险异常，除了野兽毒蛇，还有一样让他甚为担忧的，就是天狼山附近有山贼出没，这也是他没有让人跟随的原因，因为人太多，容易引起山贼的注意，两个人潜行入山，避过山贼的耳目，可免去不少麻烦。

倒不是说他怕山贼，只是不想节外生枝，浪费时间。温意有一句话说得很对，"时间就是生命"，率人入山，固然能战胜山贼，却会因此耗费太多时间。

温意没有说话，上了马车，把包裹放在身边。

马车起行缓慢，出了城进入官道之后便开始疾驰起来。温意有些晕车，掀开帘子让外面的冷风吹进来，如今是秋日，八月过了，重九没到，天气偶尔还是很热，但入夜之后便有些寒冷。如今外面漆黑不见五指，摸黑上山很危险。

宋云谦让车把式驾车，转而进入马车之内。他没和温意说话，只是从怀里掏出灵草图画仔细瞧着。他认为，带温意上山始终是拖累，所以打算在山下找家客栈让她住下，他自己入山。将她带出来，不过是不想逆旨而行。

天狼山那么高，就算有武功在身的人，攀爬起来也十分困难，莫说一个弱女子了。宋云谦曾去过一次天狼山，对那边的地形也有一定的了解，他笃定她是无法攀爬上去的，可她愣是要跟着去，到时候也只会拖累他。

温意已经有些累了，回想起今日抢救镇远王妃时的种种艰险，能保住胎儿，已算万幸了。但是做人不能靠幸运，她一定要找到灵草解去王妃身上的毒，不能让刚出生的孩子没了娘亲。

"累的话就不要跟着出来！"宋云谦见她昏昏欲睡，不由得有些动气地道，此去路途漫长，现在就累了，什么时候能到？看来在山脚丢下她是必要的了。

温意没有睁开眼，口中淡淡地回答道："有时间休息，当然就要好好休息，我知道路途漫长艰险，所以争取时间睡一下。"

宋云谦倨傲地道："路途艰险也与你无关，本王会在天狼山下为你找一家客栈住下，等本王寻得灵草下山之日便会带你回京。"

温意陡然睁开眼睛，愕然地看着他："你的意思是不带我上山？"

第六章 共赴天狼山

"带你去，弊大于利！"宋云谦言简意赅地道。

温意争辩道："但是父皇……"

"不用拿父皇来要挟本王，本王带你出来已经是遵旨而行！"宋云谦闭上眼睛，一副不欲再搭理她的模样。

瞧着如此冰冷淡漠的宋云谦，温意心中有气，却也发不出来，心下暗自想着办法。灵草如此难寻，一个未曾见过的人，在茫茫大山中寻找它，真可谓大海捞针，她不希望他无功而回。

正欲说话，宋云谦又睁开眼睛，有些轻蔑地道："就算你不上山，本王也会在父皇面前记你一功，你不费任何功夫，又得来了功劳，便宜你了。"

原来他以为她跟着去是想邀功。

温意笑了笑，不再分辩，随便他怎么想吧，他这么厌恶她，就算她分辩一万次，他都不会相信一分的。

宋云谦心里也很矛盾，其实他有很多话想问个清楚，但因着往日对她的厌恶问不出口，就算她今日做了一些让他刮目相看的事情，他打心底还是厌恶她。她心机深沉、性子刁蛮歹毒，她的缺点都曾经那么毫无遮掩地暴露在他面前。

他甚至觉得，如非必要，他不想跟她说一句话。

但眼前的她，却又如同一块磁铁，有着致命的吸引力，当然，这种吸引力是指他心中的各种疑惑。

一路颠簸，行了将近两个时辰，才离开京城的范围进入筑州。过了筑州便是天狼山脚下，马车大约还要再行走两个时辰，差不多天亮才能够到达天狼山脚下。

温意在一路颠簸中睡着了，她的头开始是侧向外的，但是因为寒冷，她在睡梦中下意识地缩向宋云谦的方向，即将靠在宋云谦肩膀的时候，宋云谦忽然伸手推开她，力度很大，她的头撞在边上，"轰"的一声响。

温意醒来，摸着发疼的头，睡眼惺忪地看着他，见他脸色有些冷傲："不要借故接近本王，本王对你一点儿兴趣都没有。"

温意裹紧衣衫，明白了他的意思之后，甩甩自己的脑袋让自己清醒一些，她道："放心，不会有下一次的。"

宋云谦本以为会看到她受伤的神情，往日就是这样，她为他做了很多事，换来的都是他的冷言冷语，然后她就会一副想哭又不敢哭，强撑着笑脸却要滴泪的样子。

但今日竟半点儿难受的表情都没有。

他低低地嘟哝了一句:"你到底是不是杨洛衣?"

温意脑子顿时清醒了过来,这句话太危险了,是否意味着他在怀疑她的身份?但是,为了不露出破绽,她故意用一副听不清楚的样子问道:"你说什么?"温意不知是脑筋转得快还是想得太多,宋云谦这种会对女人动手的男人,若是知道她并非真正的杨洛衣……温意无法想象自己将遭受什么对待。温意自动脑补一个女人被架在高高的木架上,木架的下面,燃着熊熊火堆,围观的有上千人,人人口中都在喊道:"烧死她,烧死这个妖怪!"

温意打了个冷战,太恐怖了。不行,还真的不能叫人瞧出端倪,否则她会死得很惨。

正因为顿生的这个念头,温意势必要拉拢镇远王爷和太后这两个护身符,日后一旦自己出事,还有个人帮忙。宋云谦是指望不上了,但是也不能与他为敌,自己一天没独立,还得看一天他的脸色行事,谨慎些是好的。

宋云谦此刻正闭目养神,全然没心思搭理她。

丑时三刻,马车徐徐停下,车把式掀开帘子道:"王爷,先歇一会儿,奴才去喂马。"

宋云谦点点头,车把式打发走,他也伸伸懒腰,下车四处视察。

温意坐得屁股生疼,便也跟着跳下来。

停车的地方是官道旁边的一个亭子,亭子三四丈高,漆黑中看不清亭顶的颜色,四周也漆黑一片,草丛里有萤光点点,遍布漆黑的路旁,如同黑幕下的星星,一闪一闪,煞是好看。

温意惊呼:"这个时候竟然也有萤火虫?"

车把式一边喂马一边笑道:"王妃没见过吗?这个时候萤火虫不算多,夏日河旁才多呢,星星点点,忽亮忽暗,漂亮极了。"

温意记忆中好像只见过一次萤火虫,那一次目及的美丽,点燃了她对萤火虫的研究兴趣。

她无法想象车把式说的夏日河旁的萤火虫是何等壮观,对于美丽的东西,她没有太丰富的想象力,因为想象对于大自然而言,到底是狭隘的。

温意眼睛放着光:"好想见一次啊!"

"瞧您说的,这玩意多了去了。"车把式自然不明白此刻温意眼神里流露出来的是赤裸裸的对他的嫉妒。

宋云谦沉默着，他的视线没有落在萤火虫上，而是落在温意的脸上，漆黑就是有这个好处，你可以肆无忌惮地盯着人看，而被盯着的人又不会发现。

温意的脸上有狂喜，有羡慕，有妒忌，神色不断地变幻着，最后竟有了一丝黯然，她喃喃地道："这么漂亮的小生命，却只有五天的寿命。"

萤火虫这一生似乎都在燃烧，但这一生又何其短暂，五天，已经是它们寿命的终点了。

璀璨过后，便是死寂。

温意忽然觉得有些冷，下意识地裹紧了衣衫。生命的零落让她想起家人，她从来不是多愁善感的人，但是此刻面对漆黑的山体，飘飞闪亮的萤火虫，她忽然想痛哭一场。

"谁跟你说萤火虫只有五天的寿命？"宋云谦听了她这句话，忍不住开口问道。即便语气中多有不屑，因为觉得她是胡说，但是又见她胡说中有些笃定，仿佛她就是知道萤火虫只有五天的寿命。

温意有些诧异，对他主动找她说话有些愕然，但是她此刻也很想跟人说话，顾不得也许会让他起疑心，道："我从一本书上看来的，书上记载，萤火虫这一生很短暂，约莫只有五天的寿命。萤火虫死后，会变成什么呢？人死后，又会变成什么呢？"最后两句话，她不是问他，而是在问这虚无的尘世。

宋云谦有些失神地看着她，这样的杨洛衣，是他没有见过的。她变了，整个变了。

他不愿意承认她变得引人注目了，但是他不能不承认，自己对她的厌恶感，已经开始慢慢地消减。

她提出的问题，他一个都回答不了，生死，凡人从来就无法参透。

休息过后，便要继续赶路。

因为刚才的几句交谈，两个人都觉得有些黯然，一路无言。

将近天亮，终于进入了天狼山地界。温意在马车中睡了有半个时辰，只是颠簸途中，睡眠不得安稳。宋云谦在她睡着之际，研究了她许久，她睡着之时，神色平静，如此凝神瞧她，倒也不觉得厌恶。

天狼山脚下原本有个村庄，村外有一家简陋的客栈，供赶路人休息。只是马车停下之时，只听闻车夫"咦"了一声。

宋云谦掀开帘子，彼时正是晨曦初现之际，路旁的野草沾满了露珠，在浅浅的日

影下显得流光溢彩。

"王爷，甚是奇怪，客栈已经被拆除了。"车夫指着一块空地略诧异地道。

宋云谦极目看去，这里他曾经来过一次，或者正确地说是途经过，车夫所指的位置，本有一家客栈，只是如今已经变成空地，空地上有颓垣败瓦，杂草丛生。

"许是做不下去，倒闭了。"温意显得有些开心，如此，他便无法安置她于山脚下了。

宋云谦自知没这么简单，大概是附近山贼为祸，客栈也备受骚扰，无人敢住，自然也就没有办法继续营生了。

车夫问道："要不要再往前？"

宋云谦蹙眉道："再往前一路都是崇山峻岭，怕也没有客栈了，这村子一向不接纳外人，大概也无法入住，罢了！"

温意接口道："怕是上天的旨意，让我跟着上山。"

温意此话恭顺，没有一丝得意，免去了宋云谦的厌恶。他自是不能随意安置她的，怕出了什么事，父皇母后那边无法交代，沉思了一下，他对车夫道："你在山下等候，本王与她上山，正午时分左右，会有御林军到来，与你一同在山下候着，若两日内没见本王回来，你们拿着画纸，上山寻找灵草。"

温意闻言，方知道他早已安排妥当，不由得对他刮目相看。

上山之路，崎岖漫长，温意背着大包裹，亦步亦趋地跟在宋云谦身后。宋云谦并无怜香惜玉之心，只顾走自己的道，没有回头看一眼温意。

所幸从前她也经常爬山，所以开始的时候，并不觉得山路难行。

身体似乎有一股力量源源不绝地生出，走了约莫半个时辰，她竟然气息平稳，丝毫不喘。宋云谦暗暗诧异，却不动声色。

终于，他开口说话了："如今虽是秋日，但是蛇还没完全冬眠，你最好小心点儿走。"

温意微微错愕，在明白他话里的一丝关切之后，浅浅地笑了，道："王爷请放心，我会小心。"

宋云谦"哼"了一声："本王只要求你不添麻烦，其余的是指望不上你了。"他已经开始后悔为什么要带这个累赘上山了。如今才刚开始，到达天狼山之巅还要费时许久。谁知道中途这个女人会惹出什么麻烦来。

山路逐渐崎岖起来，露珠沾湿了两个人的鞋袜与衣摆，温意背着大背包，开始显得有些吃力。她自己也暗暗吃惊，虽是吃力，却也不见累，往日走了这么远，怎么也得歇会儿了。梦里就是好，该累的时候不累。可就是别出现什么把控不了的事。以往她也做过些警匪、谍战剧情的梦，都是累得或吓得喘不过气来。

"慢着！"温意忽然停下脚步，语气谨慎。

宋云谦皱眉，不耐烦地回头看她："怎么了？再走一段才休息。"他以为她累了，见有大石头在旁边，想要休息一下。

温意侧耳听了一下，抬头问道："王爷可听见什么奇怪的声音？"

宋云谦听了一下，微恼道："哪里有什么声音？四周寂静得很。"

温意愣了一下："是吗？只是我似乎听到一些野兽的叫声。"

宋云谦哼道："你听到？本王还没听到你便能听到了？"

天色已经亮透了，太阳负重攀爬，天边的朝霞异常美丽，织锦一般铺陈开来。温意抬头瞧了一下，只觉得日光刺目，已经不若方才温和了。四周确实寂静，只是耳边千真万确传来一阵阵奇怪的声音，莫非是走累了产生耳鸣？也不会啊，她并未觉得累。只是宋云谦这位有武功的人都没有听到，大概是她听错了。她道："大概是我听错了！"

宋云谦露出鄙夷的神色，正欲抬步，却忽地脸色一滞，侧耳倾听了一下，迅速拉着她躲入草丛中，眸中有锐利冷厉的光。

那声音愈发大了，清晰地在耳边回响，是狗吠声。

温意暗自奇怪，这荒山野岭的，自是不会有家犬出现，莫非是野狗？

刚这样想着，便见山路上扑出来几条壮硕矫健的狗，她定睛一瞧，竟是凶猛异常的藏獒。

这里怎么会有藏獒？藏獒的攻击性很强，尤其在它们以为地盘遭受入侵的时候，很容易攻击人。

宋云谦按住腰间的宝剑，蹲立的姿势如同一头矫健的豹子，随时准备出击。

他下意识地把温意往自己身后推了一下，温意躲在他身后，露出两只眼睛隔着草丛盯着那几条藏獒，藏獒本来是一路下山的，但是却停下了脚步在附近徘徊，她轻声地在他耳边道："狗的鼻子很灵敏，大概已经发现我们了。"

"一会儿有什么事，你不许出去，躲在这里就行。"宋云谦低声叮嘱道。

温意默然点头，双手攀住他的后背，不敢动弹。

那几条藏獒果然是发现了他们，大叫一声，一同扑向他们藏身的草丛。

木棉篇：倾世医妃 ①

宋云谦持剑而起，"嗖"的一声，只瞧见日光下的剑身发出一阵寒光，一头藏獒便被他刺中。被他刺中的藏獒当场倒地而亡。此举没有震慑其他藏獒，反而激起了它们凶残的本性，它们嘶吼着，齐齐朝宋云谦扑上去。

藏獒的动作非常迅捷，宋云谦本可以飞身而起，但是他知道自己轻身而起跃出去，藏獒会转而攻击温意，所以他不敢轻举妄动，拉着温意，一个飞旋转身，长剑刺向其中一只藏獒，只是那藏獒的动作迅猛，瞬间避过后又翻身扑了上来。

温意心中惊慌，她本是太平盛世的医生，哪里见过这等场面？一时间吓得脸色发白，任由宋云谦拖着，前进后退忽左忽右，一不留神，脚就崴了。她忍着痛，不敢惊呼，强迫自己定睛瞧着。

藏獒进攻，是没有任何招式可言的，比不得跟高手过招，可以见招拆招。如此这般全凭蛮力与速度，倒让宋云谦一时没有取胜的把握。

温意瞧着它们的动作，脑子忽然灵光一闪，呼道："杀左边的，它是王！"

擒贼擒王，那左边的藏獒进攻最为迅猛，其他的藏獒是配合它在行动。

宋云谦也意识到了，把温意往草丛里一推，双脚凌空飞起，身子如同离弦的箭，"嗖"的一声，剑身直接射向藏獒王，他的宝剑锋利无比，那藏獒王当场毙命。

其余的三条藏獒，此刻全部停下进攻，用凶残而疑惑的眸光看着宋云谦，宋云谦趁着它们分神恐惧之际，施展剑法，如同天罗地网般袭向其余的藏獒。

不消一刻，藏獒便全部葬身于此。

这一场厮杀，虽然算不得惊心动魄，却让温意为之胆寒。

宋云谦把剑上的血擦拭干净，宝剑回鞘，转身瞧了温意一眼，他灰色的眸子带着一丝诧异，嘴角却漫开一抹冷笑："没吓着吧？"

虽是十分讥讽的口吻，但是他却伸出手："起来！"

温意把手放在他手心，他便用力一拉，她站起来，左脚传来一阵疼痛，她禁不住呻吟了一声。

宋云谦蹙眉看着她："怎么了？崴脚了？"

温意动了动脚腕，道："没什么事，可以继续走。"

宋云谦定定地瞧了她一下，淡淡地道："我们要马上离开这里，这些凶獒并非野生，乃是有人饲养，一会若是被它们的主人发现，好生麻烦！"

"这荒山野岭的，怎么会有人养狗？"温意问道。

"这附近有山贼！"宋云谦接过她的包裹，冷冷地道，"赶路吧，必须马上离开

这里。"语罢方才觉出她这包裹的重量,"上山你带这么多东西干什么啊?"

"都是些能派上用场的东西。"温意见他虽然说话冷冰冰,但是行动间却温柔了许多,心中不由得一暖,也就和气地解释了一下。

宋云谦没再说话,伸手搀扶着她行走。两个人身子贴得很近,宋云谦能清晰地闻到她衣衫发丝上的淡淡馨香,表面虽然平静,但是内心疑惑丛生。他所熟悉的杨洛衣,虽说不上胆小,但是极其怕血,甚至会晕血,但是刚才的她,虽有那么一丝慌乱,却能在他与藏獒厮杀之际,瞧出哪只才是藏獒王。若非观察入微,若非镇定异常,若非见多识广,是绝不可能分辩出的。就连他,也得要她提醒才知道。

可此刻温意心中也是十分惶恐,方才瞧他深邃的眸子,就已经知道他起了疑心。若因此被瞧出了端倪,恐怕后患无穷。

脑海中再一次出现之前冥想的场面:烧死那妖怪……温意只觉得头皮一阵阵发麻。不行,要想个法子。只是想什么法子?昨日到今天发生的事情,相信已经完全颠覆了杨洛衣以往的形象,她再做什么都无法掩饰这两天她的各种异常。

带着这样纠结的情绪,一路上山。

因着太阳渐渐升高,露水开始蒸发,这山林中的寒气也少了几分。宋云谦见温意走得越来越吃力,知道她的脚扭得不轻,便寻了个山洞,扶着她进去休息一下。

山洞很浅,仅仅能容下三个人,所以两个人坐在洞里,也仅余一点儿空间。

"你在这里处理一下自己的伤,本王出去采些野果回来充饥。"宋云谦淡漠地道,他知道她略懂医术,相信这些小伤是难不倒她的。

温意唤住他:"不用去了,我这里有吃的。"她打开包裹,取出一包东西,慢慢打开,油纸内包着的竟然是香喷喷的烧饼。她再从包裹里取出两个葫芦水壶,丢给他一个,道:"先喝口水,我问过侍卫,山上这一带,水源不多。"

宋云谦手里拿着葫芦,神色复杂地看着她,终究还是忍不住问了出来:"你还是杨洛衣吗?"

温意惊讶地抬头:"王爷何出此言?"面上故作镇定,心里却是"扑通"乱跳。

宋云谦扭开螺口盖子,仰头饮了一口,眸光锐利地落在温意脸上,她的脸带着微微惊诧,似乎对他的问话好生奇怪。他没有继续说话,只是坐了下来,取过一块烧饼放入口中。

这一路上山,又与藏獒厮杀了一场,肚子早就"咕噜咕噜"地叫了。他没想过带粮食,出来行走江湖,一向是靠山吃山,靠水吃水。只是今日的情况有些特别,

这一路上山,没有小溪,而又因杀了藏獒,怕被人跟上惹麻烦,所以不能杀取猎物生火煮食。

所以,刚才他已经打定主意先捡些野果充饥,虽然不顶饱,但也聊胜于无。

只是,她却随手就拿出了两个烧饼来,如此看来,她倒也不是一点儿用处也没有。

肚子饿的时候,烧饼也变成了人间美味。宋云谦吃完一个还有些意犹未尽,温意微微笑着,伸手撕了一半给他:"王爷请用,我吃不了太多。"

宋云谦倒也不客气,接过来就吃。吃完烧饼,又"咕咚咕咚"地喝了几口水,才侧头问她:"你的脚怎么样了?"

温意脱掉鞋袜,脚腕处已经红肿一片,她从包裹里取出一瓶药酒,在红肿处擦了擦,轻轻叹了一口气。宋云谦瞧见,一把夺过药酒,冷冷地道:"本王是怕你一会儿走不动道,不是有心帮你。"连药酒都随身携带了,可见她的准备功夫做得很足。

说罢,他把药酒倒在手心,双手搓热,然后敷在她的脚腕上用力搓了几下。

温意只觉得脚腕处一阵发热,疼痛便真的减轻了,温意轻声道:"谢谢。"

宋云谦神色冷峻,道:"本王说了,不是有心帮你,是不想你负累本王。试试动一下还疼不疼?不疼的话就要赶路了。"

温意动了动,虽还有些疼,但是已经比之前好多了。她暗自惊诧,中医的神奇远远大于自己的认知。她站起身,道:"我没事了,继续赶路吧。"

宋云谦知道,扭伤了脚不可能在这么短的时间痊愈,对她的坚毅又多了一份欣赏,只是这份欣赏放在心里,面上依旧是淡漠的。

温意见他对自己的敌意似乎减少了些,沉思着是不是该好好地跟他谈谈可儿的事情。她脑子里依稀出现杨洛衣的记忆,她很肯定杨洛衣没有推可儿下水,但可儿是谁推下去的,她也不知道。

当然,若杨洛衣知道是谁害的可儿,也不至于这两年一直辩解也无人相信。毕竟她好歹是御晖郡主,若能说出谁是凶手,一查便知。

就因为她也不知道,所以百口莫辩。

杨洛衣的一生看似风光,出身名门,刚出生没多久就被当今皇帝封为御晖郡主,极尽显赫荣华。但是在情路上是极为坎坷的,温意心下暗自叹息,也就更坚定了为杨洛衣洗清冤屈的念想,势必要查出谁才是推可儿下水的凶手。

只是她才跟宋云谦缓和了关系,若在此时提起可儿的事情,怕是要再度引起他的

反感,所以只好暂时三缄其口,等时机成熟再作打算。

杨洛凡还留在宫里,她知道温意跟着宋云谦上山采药,她也不甘示弱,说要留在初阳殿代为照顾刚出生的小皇孙。

其实宫里有这么多人,哪里轮到她一个未曾生育过的人来照顾小皇孙?只是太后说皇孙在母体便历经了苦难,如今刚出生,母亲生死未卜,多些人气在他身边,为他祈福,也是一种帮助,便准了杨洛凡留在初阳殿。

安然皇孙本是不足月出生的,加上母体曾经中毒,御医们自然是多留了个心眼。

第二日一早,院判大人亲自来为皇孙把脉,却观察到皇孙的皮肤和眼睛都有些微黄。

"大人,按理说,早产儿应该在三四日之后才会发生黄疸,但如今十二个时辰不足,就已经这么黄了,会不会……"与院判大人一同会诊的,是上官御医,他一脸凝重,不敢说下去。

院判大人也皱着眉头:"确实有些不寻常,你乃是妇婴神手,留在这边照料着,本官回去与大家商议治疗方案。"

容妃也在跟前看着,听到两名御医在窃窃私语,心中"咯噔"一声,她上前问道:"院判大人,皇孙是不是出了什么事?"

院判大人躬身道:"回容妃娘娘,皇孙出生时母体中毒,如今……才半日的工夫,就已经出现明显的黄疸症状,初步……我们只是担心是不是毒液入侵了皇孙体内,伤了肝肾,不过也只是先做准备而已,皇孙福大命大,相信一定会平安渡过,请娘娘安心。"

"安心?"容妃急道,"你叫本宫如何安心?他乃是本宫与王爷的命根子,容不得半点儿闪失!本宫不管你们用什么方法,务必确保皇孙平安无恙!"

院判惶恐地道:"微臣一定尽力而为!"

杨洛凡也在室内,闻言上前安慰容妃:"娘娘莫要担心,皇孙出生时这么大的坎儿都过来了,如今也一定会没事的。"

容妃想想也是,这才略微安心,她难过地道:"孩儿,你才出生,便要经受这么多磨难,奶奶心疼啊!"

皇孙在傍晚的时候突发高热,身体抽搐,吃下去的奶喷出来,急坏了一宫的人。

上官御医束手无策,皇孙不能服用过猛的药退热,只能用清肝泻火的方子辅助,只是高热不退,到底叫人担心。

木棉篇：倾世医妃 ①

　　初阳殿内人心惶惶，伺候皇孙的奶娘与宫人都寸步不离地守着皇孙，杨洛凡为了表现自己，亲自照料皇孙，为皇孙敷额退热。

　　太后也过来守着，皇帝下令太医院，务必要皇孙今日退烧。

　　上官御医是皇孙的主治御医，皇孙在傍晚的时候还没退烧，皇帝一怒之下，把他打入天牢，择日处斩。

　　这么一来，太医院里个个都惶恐不已，通宵制订退热方案，奈何种种狼虎之药不能用，加上病因不清晰，用了排毒清肝的药，几乎没有任何的作用。皇帝纵然震怒，却也无可奈何了。

　　王妃的情况也是十分危险，王爷一直守在王妃身边，谁也不敢跟他说安然皇孙的情况，怕他经受不住打击。王妃中途一度停止呼吸，但是被陈御医针灸救了过来，温意走的时候曾经交代过他，若王妃情况变坏，一定要针灸施救。

　　王妃与皇孙的命，便如同游走在高空的钢丝上一般，稍有差池，就神仙难救了。

　　太医院没有过像现在这般期望有外人帮忙，这群大国手，医术冠绝全国，一向高高在上，对谁家的医术都信不过，甚至有轻蔑的情绪。但此时此刻，全部御医的希望，都寄托在温意身上，只期盼着温意快点儿回来。

　　而在天狼山上的温意，虽不知如今宫内的情形，但是她心里无一时不在猛火上煎熬。作为一名医者，救人是责无旁贷的，对每一个病人，她都是这样尽心尽力。倘若有先进的医疗设备，很多疑难杂症都有救治的方法。但此刻，一旦诊断错误、诊断偏差，后果不堪设想。

　　傍晚时分，他们即将进入天狼山最险恶的地方，蛇山。

　　虽然已经入秋，但是正如之前宋云谦所言，天狼山附近的气候并非十分寒冷，所以很多蛇都还没进入冬眠，虽说入秋的蛇攻击力会比夏天降低，但蛇山是漫山遍野的蛇，其中毒蛇的种类就占据了七十种之多。

　　好在进入蛇山之后，便不惧怕山贼追来，所以两个人打算在蛇山与雾山的交界处休息一下再赶路。

　　温意从包裹里取出一瓶酒，扭开之后，宋云谦蹙眉道："这酒怎么一阵臭味？"

　　温意含笑道："不是臭味，是雄黄的味道，这一瓶是雄黄酒，驱蛇用的。我们先喝点儿酒，然后一路步行出汗，酒气会从身体的毛孔散发出来，蛇闻到雄黄的味道，就不敢轻易靠近我们。"

　　宋云谦灰黑的眸子静静地注视了她一下，终究是忍不住夸了她一句："你果然想

得周全。"

温意仰头喝了一口,伸手抹了抹嘴角笑道:"我们是来寻药救人的,要救人,首先要确保自己安全。"她把酒递给他,"来,喝一口!"

宋云谦接过酒,伸手擦了擦酒壶沿,不想沾她的口水,温意别过头,装作没看见。

喝完酒,两个人正式进入蛇山。

纵然温意之前有了心理准备,但第一次见到这么多的蛇,心里还是骇然不已。

蛇山不大,但是走完也起码要半个时辰。路旁也好,草丛也好,树林里也好,密密麻麻地爬满了五颜六色的蛇,其中有毒的、没毒的,基本一眼就能分晓。

温意几乎整个身体全程都紧贴着宋云谦,且身子微颤,每走一步都惊心动魄。果真如她所言,他们走来的时候,蛇会自动离开,但也并非离得太远,就在脚下两三丈的地方,密密麻麻,堆积成山。

走入树林,温意觉得自己心肝都在颤抖,树上挂着的一串串的,不是什么果子藤蔓,而是一条条色彩斑斓的蟒蛇。任由她胆子再大,此刻也吓得魂飞魄散了。

她伸手去抱住宋云谦的腰,低声道:"不要推开我,求求你,就这一次。"

一说话,便惊动了树上一条手臂粗的蟒蛇,蟒蛇"嗖"的一声,从树上滑落,"噗"地落在温意的脚边,温意掩住嘴巴不敢惊呼,只是整个人却跳上了宋云谦的背上,颤抖着抓紧宋云谦。

宋云谦沉着脸,微微弯腰跨过那蟒蛇行走,反手把温意向上一托,好方便他行走。

温意伏在他背上,心中感激不尽,本以为他会丢下她的,但是想不到他竟然会愿意背着她走。不管他之前是以怎样恶劣的态度对她,如今,因着她极端恐惧中他的出手相助,以往的种种,皆可以忘记了。

宋云谦其实也是头皮发麻,他背着温意,何尝不是给自己一点儿安全感?他这辈子从没见过这么多的蛇,他甚至庆幸刚才喝了雄黄酒,否则相信有外人入山,蛇们一定会群起攻之,后果真是不堪设想。看来,把天狼山看得太简单的不是她,而是自己。

终于,戌时左右,出了蛇山。

两个人几乎是瘫软在地,温意想起刚才的情形,胃里一阵阵翻涌,干呕得眼泪都出来了。

此时此刻，温意只觉得这梦不想再继续了，不如就此掐醒自己？瞟了一眼宋云谦，温意暗中掐了一把自己的大腿，"啊……"怎么这么疼？梦里还能疼？算了，暂时醒不来就算了，但是……但是……她现在很想抱住一个人，狠狠地哭一场。

眼前这个男人，明显不是一个号啕大哭的对象，但她真的忍不住心头的酸楚、悲痛、恐惧、害怕，抱住树干就哭了起来。

宋云谦没想到她会忽然大哭，愣了一下，沉着脸道："哭什么哭？现在不是出来了吗？"

温意伸手擦了一下脸上的泪，陡然转身，有些歇斯底里地道："你不许说话，不许看，不许听，更不许阻止我！"说罢，她一屁股坐在地上，抱着膝盖，脸埋在膝头，又放声大哭起来。

宋云谦错愕了一下，他从没见过这么凶、这么……好玩的杨洛衣，用"好玩"来形容似乎不对，但是此刻他也想不到其他词汇，因为……她的哭声很吵。

他闷闷地道："现在知道害怕了，知道哭了？叫你不要跟着来的时候你偏要逞强，现在知道危险了吧？"

温意本来正哭得痛快，被他说了两句，竟噎住了，心头纵然酸楚未消，但是已经没了号啕大哭的欲望。她满脸泪痕地瞪着他，怒道："让你不要说话，我现在哭不出来了，可难受了！"

宋云谦瞠目结舌，她哭不出来还怪罪于他？什么女人啊这是？

温意站起来，道："走吧，继续赶路，这里到底不安全，找个山洞过一晚吧。"

所幸今晚月光明朗，映照着山路，但是要趁黑上山，这些光线是远远不足的。温意又蹲下来，打开包裹，从里面取出一盏风灯，用火石点亮，再盖上琉璃灯罩，山路便陡然清晰了起来。

宋云谦看着她，刚才还号啕大哭，现在忽然间又这么正经了，还真有点儿转变不过来。女人真是变化无穷的动物。

他伸手取过她的大包裹，嘀咕道："本王要看看你到底都带了些什么东西。"他扒开包裹，不由得惊讶地看着她，牛肉干、猪肉干、蜜饯、糕点、烧饼、药油、桐油、艾草、水壶、酒壶、草纸、外衣、盐巴、火石、匕首，还有些乱七八糟的小玩意，"你带这么多东西上山！有肉吃你怎么不早点儿拿出来？还有糕点，饿死本王了！"他拿了一块猪肉干，放进口中，含糊地继续道："带你上山还是有点儿用处。"

温意抹去眼泪，把包裹扎好，道："先不要吃了，找个山洞坐下来再慢慢吃吧，天这么黑，怕是会有野兽出没。"

宋云谦取过包裹，道："本王帮你背，你拉着本王的衣袖，免得摔下山去。"

这虽然说是山路，其实杂草丛生，荆棘遍地，又陡峭无比，可谓十分危险。

这也是第一次，宋云谦用这么温和的语气跟她说话。

他背着包裹，提着风灯，见温意愣愣地看着他，不由得沉下脸道："还看什么？走吧！"

温意含糊地应了一声，依言拉着他的衣袖，两个人缓慢地上山，寻找山洞去。

亥时已过，二人终于找到一个山洞，这个山洞比白天那个山洞大很多，而且洞口有密集的杂草灌木，可以掩人耳目。

温意把包裹里厚实的外衣铺在地上，两个人坐在上面开始大快朵颐。

填饱了肚子，宋云谦在外面捡了一些干柴，架起火堆取暖。

温意把风灯熄灭了，省点儿灯油。

宋云谦喝了一口水，如今水资源特别珍贵，所以他也不敢多喝。此刻抬头见温意盯着他，正欲出口问，却见温意伸手打了他一个耳光，他陡然发怒，温意赶忙摊开手掌，掌心中一只花斑蚊子的尸骸以及血迹，险些沾到宋云谦鼻梁上，她道："我打蚊子。"

宋云谦气结："打蚊子要这么用力吗？你是公报私仇。"

温意笑了，"打蚊子还牵扯到公事上了？而且我与王爷也没有私仇。"

宋云谦"哼"了一声，忽然觉得脸上又是一阵奇痒，他瞧见温意的手微动，连忙自己一耳光甩在自己的脸上，又一只蚊子死在他手中。

他气愤地道："蚊子怎么偏咬本王？"

温意凉凉地笑了："我怀里揣着艾草。"

他咬牙切齿地瞪了她一眼，"啪"的一声，从耳朵上又打了一只蚊子："这都入秋了，还这么多蚊子。"

温意从包裹里取出艾草熏点起来，耳边便再没有蚊子"嗡嗡"的声音萦绕了。

"早就该点了，后知后觉！"宋云谦微恼，心中想到一个惩治她的法子，他闲适地把手放在大腿上，道，"长夜漫漫，不如，本王为你讲个故事！"

温意顿生兴趣，笑道："好啊，我最喜欢听故事了。"

宋云谦露出邪恶的表情，嘴角含着一抹笑意，他故意压低声音，道："这个故事

是本王的亲身经历,话说,本王那年十五岁,在山上跟师父学武功。整座山都是静幽幽的,除了本王、可儿与师父之外,基本是没有人出入的。那一天,本王因偷……咳,因一些小误会……被师父罚站,一直从傍晚站到亥时,本王那时候少年心性,并不害怕,师父让本王站到亥时,但是本王偏赌气,一直站到子时。子时过后,可儿出来为本王送馒头,本王赌气不吃,还顺手就把馒头丢在地上。可儿生气,扭身就走了。此时,本王看到地上忽然少了一只馒头,定睛一瞧,只见空地里忽然生出一只手来,那人的手枯黑细长,像苍鹰的爪子一样,他把地上的馒头一个个地捡起来,并且用阴沉沉的声音对本王道:'孩子,不吃也别浪费了!'而空荡荡的地面,除了这只手之外,连个人影都看不到。本王自然是不害怕,还伸脚去踩那只手,谁知道那手忽然变长,指甲穿过本王的鞋底直入脚底,本王只觉得脚下一疼,便什么意识都没有了。"

他说完,本期望看到温意惊吓惨白的脸,谁知道她托着腮,一副意犹未尽的样子看着他,催促道:"说啊,然后呢?"

宋云谦白了她一眼,没好气地道:"说完了!"

温意有些失望:"那你最后知道那手是什么东西吗?"

"除了是鬼,还会是什么?"宋云谦这个故事本是杜撰出来的,哪里会有什么后续。只是吓不到温意,心里多少有些不舒服,好歹也是挖空心思想出来的。

温意凑近他,压低声音道:"我也有一个故事,但是一直没有跟人说过,你若是不怕,我就说给你听,给你解闷。"

宋云谦刚才杜撰了那鬼故事,其实心里也有些怵,但是哪里能在温意面前丢了面子,遂冷笑道:"笑话,本王会怕?你尽管说,不够恐怖,本王不放过你。"

"其实也算不得太恐怖,王爷刚才说的是自己的亲身经历,我要说的这个则是听来的。"她正正神色,拿起水壶喝了一口水润了一下嗓子,开始说道:"这个故事的女主人公叫温意……"

"瘟疫?有这样的名字?"宋云谦嗤笑,"编故事也找个好点儿的名字。"

温意顿时有些不悦:"名字不是关键,王爷要听的话就别打岔!"温意也没好气地道。

宋云谦故作不耐烦地道:"说说说,大概也不是什么好故事,只是如今乏味无趣,说来听听也无妨。"

温意在火堆里抽了一些柴枝出来,火势便顿时弱了,光线也暗淡了下来,说鬼故事，她是很有经验的，首先要营造恐怖的气氛，光线暗淡之下，洞口凉风飕飕，树枝掩映，气氛最适合。

"我要说的故事发生在一家很大很大的医馆，医馆里面有一个地方叫太平间！"温意说到这里，忽然压低声音，悄悄地道，"这所谓的太平间，其实是整个医馆里最不太平的地方，因为死在医馆里的病人，会暂时停放在太平间里……"

"这怎么可能？这说法不成立，一般来说，病入膏肓的病人医馆都不会接收，是要送回家里去等死的，而且按我国的风俗，人必须死在家里，灵魂才能够安息。"宋云谦提出不合理的地方。

温意无奈地道："你到底要不要听故事？听故事就不要诸多辩驳好吗？"要知道，讲故事最忌讳的就是别人打断，因为这样气氛会很尴尬。

"不合理的地方总要提出来的。"宋云谦白了她一眼道。

"好，我不说了！"

"好，我不辩驳了，你说下去！"宋云谦只好妥协，长夜漫漫，总需要有点儿消遣的。

温意压低声音，继续道："话说我们的主人公温意，便是这所医馆的大夫，这一夜医馆接收了很多伤者，是官道上两辆马车相撞，人飞了出去，伤者有十几个人之多。当然，马车相撞，也牵连了一些路人……"

温意的故事实则并不恐怖，只不过是医院里时常发生的事，但在环境、语调的渲染下，听完故事的宋云谦还是打了一个寒战，温意抬头问道："王爷冷？"

宋云谦声音微微变调："你把柴抽走这么多，当然冷了！"头皮是一阵阵发麻，虽然是个故事，但还是听得毛骨悚然。

"那我再加一些！"温意把柴放回去，柴火发出"噼噼啪啪"的响声，空气也暖和了起来。

"王爷还要不要再听鬼故事？"温意说得正起劲，自然想多说几个打发时间。

宋云谦淡淡地道："不听了，你说的故事甚是无趣，而且一点儿不恐怖！"

温意连忙道："那我接下来说一个恐怖的，真恐怖，我自己都被吓住了！"

宋云谦双手往后脑一枕，打了个哈欠："不听了，本王累了！"说罢，往地上一躺，就地睡了。

温意有些失望，他累了，但是她却说得十分起劲，而且，她也睡不着。

她站起来，走到洞口往外面看去，极目瞭望，四周的山峦起伏，像是连绵不断的

黑云,一层一层,一重一重地压过来,看久了脑袋有些发晕。

山里很寂静,开始的时候还有虫鸣蛙叫,如今是连虫鸣都听不见了。温意瞬间有些失落,莫不是自己已经死了吧?这根本不是梦境而是……是什么呢?一想到这儿,温意心头涌上一股强大的恐惧,随后便是忧伤。温意打量着自己的身子,这么真实的皮肉,怎么会是梦呢?可若不是梦,还真就没法解释了。

宋云谦自然是没有睡着的,他看着温意走出洞口,然后坐在洞口的大石头上,孤零零的。火光映照着她失魂落魄的脸,有着掩饰不住的伤痛。宋云谦想若不是经历了一些很伤心的事情,是做不出这样的表情来的。

她到底经历了什么事情,让她整个性情大变?

他自然是没有问出口的,因为现在有一样事情困扰着他,而这件事情,让他坐立不安,翻来覆去,无法入眠。那就是——尿急!

自然,作为男人,这件事不难解决。但是,刚才听了她说的那鬼故事,他现在看看外面都觉得恐怖不已,哪里还敢单独一个人走出去?宋云谦心里十分懊恼,当初就不该说第一个鬼故事,打开她的话题,本想吓唬她的,结果自己深受其害,这次真的是搬起石头砸自己的脚,而且还砸得十分凄惨。

去吧,外面这么黑,阴森森的,谁也没说过这个世上一定没有鬼,要是真有的话,那今晚他们的话题若是真惹恼了这深山的哪一位,后果简直不堪设想。

不去吧,所谓大丈夫有所能忍有所不能忍,三急是忍得了一时,忍不了一晚的。

温意听到他翻来覆去的,抹掉眼泪回过头问:"不是说困了吗?怎么还不睡?"

宋云谦瞪着她这个始作俑者,没好气地道:"本王担心皇嫂,纵然是困,但也难以安眠!"

温意也叹气:"你与镇远王爷兄弟情深,担心是应该的,莫说是你,连我都揪心不已,希望王妃能赶快好起来。"她站起来,拨开洞口的杂草,便要走出去。

宋云谦猛地起身:"你想干什么?"

温意有些尴尬地道:"我想……方便一下。"

宋云谦面无表情地道:"本王陪你去,这荒山野岭的,不知道还有没有毒蛇。"

温意略诧异地看了他一眼,有些心暖,道:"谢谢!"她是真的怕了,今晚不敢睡,怕梦中也是万蛇缠绕。

宋云谦心中略得意,只是脸上不动声色:"不必感谢本王,本王是怕你死在外头,无法跟父皇交差!"

温意笑了笑，不以为意，他其实也不是个心冷的人。再者，她就算真的死在这里，他回去也一样可以跟皇帝交差，毕竟来到这么险恶的地方，能确保自身安全已经很了不起了，谁还能照顾旁人？

就这样，拨开乱草，两个人步行出去，回到洞中的时候，都有尴尬的神情。

宋云谦许是真的困了，刚回来就倒头大睡。倒是温意，心里有万千思绪，翻来覆去也睡不着，干脆出去捡柴续火。

将近天亮的时候，她才睡了一下，但是前后加起来也不足一个时辰。

所幸的是，她并未感到疲惫，连扭伤的脚也都康复了。温意多少有些诧异，但回过神来才想起此刻是在梦境之中，也就不足为怪了。

继续前进的道路，依旧险阻重重，说不上排除万难，倒也费了一番功夫。

终于进到深山，这里有一条湍急的溪流，大概是某条大江河的源头，听着淙淙的溪水声，两个人心里都有一股莫名的兴奋，因为根据记载，灵草喜潮湿，在临溪的地方，兴许立刻就能找到灵草也不一定。

温意蹲在溪边洗了把脸，惬意地道："终于可以洗脸了，太舒服了！"

宋云谦取出图纸，循着溪边的草丛开始寻找，温意回头看他，笑道："灵草生长在潮湿的岩石旁，路旁是没有的。"

宋云谦瞟了她一眼："你不早说？"

温意站起来，甩了甩手上的水珠，极目远眺，这里仿若一个山谷，四周是连绵起伏的群山，幽静漂亮得宛若仙境。溪边各色花朵开得很好，可惜这里没有赏花人，它们自开自谢，每年如是，循环着一种寂寞的美丽。

对岸的岩石上，往外延伸着一簇洁白的野百合，花朵硕大，清丽可人，尤其从这湍急的溪流看过去，那百合便仿如幽谷仙子，临风挥舞着手臂。

温意的眸光忽然一闪，她有些欢喜地回头拉着宋云谦的衣袖，道："你看！"

宋云谦急忙顺着她的手指看过去，"哪里？是灵草吗？"

温意摇摇头，"是蝴蝶，漂亮的燕尾蝶！"

宋云谦厌恶地甩开她的手："你正经点儿，让你来找灵草的，不是让你来郊游！"

第七章 惊现「灵草」

温意的眸光依依不舍地流连在那飞舞的几只燕尾蝶上，有些惋惜地道："要是有相机就好了！"

宋云谦冷笑一声："灵草还没找到，就想着吃鸡了？"说着，他迈腿往山上走去。

温意喊了他一声："灵草在有潮湿岩石的地方生长，我们莫要走山路了，从这里攀爬上去吧！"她伸手一指，溪流旁边的岩石路说是路，其实就是一块块岩石堆起来的石堆，很高，一直从山顶迤逦下来，形成一条潮湿黑黄色的路。

"攀爬？你行吗？"宋云谦冷冷地看着她，轻蔑地道，"莫说攀爬上顶，就连十丈，你都上不了。"

温意也不辩驳，把包裹缠在背上，一步跃过去，回头明媚一笑："走吧！"说罢，便开始徒手攀爬。

岩石长期处在湿润的空气中，因而十分光滑，棱角不分明的地方，几乎无法落脚，所以攀爬难度很大，也存在危险。

温意爬出几丈高，一边细细审视着生长在岩石上的植物。灵草的外观并非十分普通，可要在杂草中一眼找出来，还是有些困难的。

爬着爬着，温意觉得双手刺痛，不经意地看了一眼，竟然发现手腕上粘着一条蚂蟥！

"哇！"她惊叫起来，双脚一松，身子直接坠下。

宋云谦一惊，来不及思考，伸手托住她，怒道："你干什么？你自己找死，别连累本王！"

温意哭丧着脸："有蚂蟥！"她使劲地甩，但是被蚂蟥吸住，哪里能甩掉？

宋云谦却看好戏地看着她，幸灾乐祸地道："没事，吸饱血它自己会走的。"

温意全身的鸡皮疙瘩都起来了，她打了一个冷战，回头看着他："求求你，帮我赶走它！"

"无能为力，你自己想办法吧！"宋云谦想起昨晚的鬼故事，心道，昨晚存心吓唬本王，还装作一脸无辜，今天就让你体会一下害怕的滋味。

温意真快要哭出来了，她这辈子最怕的就是这些滑不溜秋的冷血动物。

宋云谦看着她的嘴巴慢慢地扁起来，眼看就要哭出来了，心中这才痛快了一些，从旁边捡起一块小石子，爬上去趴在她身旁，没好气地道："早叫你不要跟来了，净拖累人。"

第七章 惊现灵草

温意见蚂蝗被宋云谦挑走，心中一松，忽地伸手一把抱住他，哭着道："你真是好人，谢谢你，谢谢你！"

宋云谦身体一僵，他没想过她会哭出来，并且还说他好，心里一时很复杂，之前的痛快都消失无踪，开始有一种怜惜的情绪慢慢地滋生。

而最重要的是，她的气息就吹在他脖子上，身上没有香味，只有浓浓的青草味道，这样毫无仪态地抱着他，他竟没有推开。

温意乱七八糟地用袖子擦了擦脸，泪痕和泥巴混在一起，发髻凌乱，让她看起来更脏了些，但是此刻落在宋云谦眼里，竟有一种奇特的美。这种美和她往日端着精致妆容的样子有很大的差别，少了脂粉气，多了清丽与清新。

她笑了一下，露出洁白的牙齿，眼睛弯弯，眉毛弯弯，道："好，我没事了，可以继续爬了！"

宋云谦板起脸，故作严肃地道："以后，没有本王的批准，不许随便搂抱本王。"

温意"嗯"了一声："对不起，我刚才一时情不自禁！"

"情不自禁"这个成语，温意是错用了，但是听在宋云谦耳朵里，却是十分受用。他浑然忘记自己之前是十分讨厌与她有身体接触的，竟然因为人家的"情不自禁"心中窃喜。

继续攀爬，温意的眼睛没再偷懒，时刻注意着身边的植物，她已经做好了要爬到山顶的心理准备，若是运气好，在山顶大概能找到灵草。因为那里是最适合灵草生长的地方。

宋云谦本可以比她爬得更快，但是怕她再次失足，也不敢越过她去，在她身后缓慢地跟着。

爬了大概半个时辰，温意忽然停下来，而宋云谦也只顾着看旁边的植物，没有留意温意停下来，脑袋直接撞在温意的鞋底。他怒道："你又干什么？"

温意没有回答他，只是定定地凝望着左手旁的杂草丛。

他愕然，顺着她的眸光看过去，只见杂草丛里长着一株眼熟的草，他惊叫出声："是灵草？"连忙用一只手撑住身体，另一只手找出图纸，对比了一下。

"是灵草！"温意的声音没有任何喜悦，只有微微的叹息。

"那还不赶紧过去挖？"宋云谦说着，便急忙爬了过去。

温意道："等一下！"她跟着过去，无奈地看着宋云谦道："这株灵草长得这么

大，根一定很深，而全部埋在石头底下的泥土层里，我们要取灵草的茎部和叶子容易，但是根部很难取出来。"

宋云谦扒开旁边的杂草，往身后丢下去，果然见灵草的根全部都在石头层底下，它是从石缝里长出来的。

"这么好的东西，为什么要长在潮湿的岩石旁边？"宋云谦不禁气恼，找了这么久才找到，却面临着无法采摘的结果。就像是历尽千辛万苦终于得到宝物，最后却发现宝物是取不走的，只能留在原地欣赏。

"一般来说，灵草长在岩石旁边的土地里，这一株横生的有些麻烦。"温意轻轻地拨开叶子瞧了一下，附近的岩石根深蒂固，而且都连在一起，是无法搬开的，只能是想办法小心翼翼地挖掘。但是，她没有十足的把握能够挖得出来。

"那如何是好？"宋云谦竟有些六神无主，可这一句问出来，又莫名觉得自己的形象低了一截，瞬间有些快快不快地道，"现在也没有别的法子了，就这样干挖吧，小心点儿就是了。"

温意也赞成，道："找了这么久才找到它，自然不能轻易放弃，再说这里长了一株，大概这山中便再找不到第二株，这是咱们唯一的希望了。"

她取出匕首，有些懊恼地道："我就该带个铲子的！"

匕首太过锋利，很容易伤及根部。之所以一定要连着根部，是因为灵草枯萎速度很快，一旦枯萎，药用价值就大大地降低，保存了根部，取水养着，撑个两三天不成问题。且根部的药用价值是比茎部和叶子都要高的，这也是温意一定要连同根部一起挖出来的原因。

宋云谦拿过匕首，小心翼翼地挖着，温意在旁边凝目而视，他的动作很轻柔，很小心，灵巧地上下划开泥土，把整个根部周围空出来。

他把匕首递给她放好，然后从旁边折断一根树枝，慢慢地伸向根部，但是由于缝隙很小，行动起来很是艰难。他轻轻地拔了一下，灵草丝毫没有松动的痕迹。

温意想了想，取出水壶，把里面的水全部倒进去，泥土湿润之后，尝试用树枝松动灵草的根部。

只是这样做的作用不太明显，因为这里本身也是潮湿的，大概是灵草根部被石头吸住，并且埋得十分深入。

两个人都有些颓然，宋云谦更是不耐烦了，恨恨地道："想不到一路万水千山地都过来了，却败在这里！"

第七章 惊现灵草

温意没有这么快泄气,她道:"让我来试试。"

宋云谦瞧了她一眼:"你试吧,本王再去别处找找!"宋云谦这么说该是心中已经放弃了这一株灵草,他都挖不出来,她还有什么办法可想?

"嗯,好,我们分头行事。"温意应道。

宋云谦一路攀爬,见岩石旁边的泥土里长着很多植物,可越是爬得高,心里越失望。

他仰头看去,山之巅还有很远,而岩石也越来越潮湿,渐渐地,便觉得有细水从岩石流下,转眼衣衫半湿。

宋云谦不是轻易放弃的人,但是因为时间紧迫,每过一刻,代表着皇嫂的危险就多一分,因着这种情绪,他多少有些焦虑。

爬到一处较为平整的地方,他停下脚步站直身子向下望,爬了很远,岩石路也九曲十三弯,他已经瞧不见温意的身影。

想起那女人胆子很小他竟有些担忧,舍近求远又没把握,还是回去想想办法吧。

他用轻功跃下,上时难,下时快,可还没见到温意就听到一声尖叫,"啊……"

他心中一急,赶忙飞身下去。

宋云谦居高临下,看见温意举着一株灵草,在欢呼高喊,脸上带着狂喜,他神色一松,停下脚步,有些赞赏地看着她。

忽然,听得身后传来轰隆隆的声音,他骇然回头,只见岩石路上面,黑压压的一堆乱石正滚下来,他失声喊道:"快跑!"

宋云谦骇然地看着巨石滚下,他想飞身下去救温意已经太迟了,乱石很快翻滚而下,温意的身影瞬间消失。

宋云谦疾驰跃下,乱石一路滚,他便一路追,终于,在乱石与温意一同落入深潭的后一秒,他想也不想地一头栽进深潭之中。

潭水很深且冰冷刺骨,他飞快地游动,四处寻找温意,心中被莫大的恐惧占据,他知道温意一定是被乱石遮挡在水潭底下,他一直下潜,潭水漆黑,什么都瞧不见,他四处摸索,水底浮力很大,他无法搬动巨大的岩石,此刻心里急得快发疯,屏息摸黑寻找,尽管心里已经做了最坏的打算,被乱石砸过,被潭水淹过,就算是他,相信也救不回来了。但是,生要见人,死要见尸,他带着她来,就要带着她回去,哪怕只是尸体。

宋云谦潜上水面,打算换气再下去,却冷不防看到什么东西浮在水面。他心里一阵狂喜，猛地游过去，托起温意的脑袋往岸上游去。

温意手里还死死地抓住那株灵草，紧得关节发白。她的额头和脸上有伤口，血迹已经被潭水冲去，因为潭水寒冷，止住了她的血，但是她肚子胀鼓鼓的，相信已经喝了不少水，此刻没脉搏，没呼吸，没心跳。

宋云谦扶着她，双腿盘膝，运内力为她运气。

温意无法坐直，几乎是半躺在宋云谦的怀里，宋云谦一手扶着她，一手运功，显得十分吃力。

只消一会儿工夫，便见温意与他身上的衣衫全部干了，他用了十成的内力，也不管温意是否能够接受这种强大内力灌注的冲击，或是这样做是否会耗尽自己的内力。

时间慢慢地流逝，温意嘴角不断有水溢出来，但是，她本人的生命迹象却没有半点儿回缓。

宋云谦因为输送内力过猛，丹田之气不继，血液翻涌，只觉得喉头腥甜，一口鲜血便喷了出来。

他缓缓倒下，眼前一阵漆黑，只觉天旋地转，他知道自己已经近乎走火入魔的地步，不能再继续冒险，否则便会自身难保。

温意倒在他身上，他下意识地握住了温意冰冷的手，脑子里乱糟糟的，想起那日入宫，他握住她的手在明媚的日光下，一步一步地走进太后寝殿里，她的手很温暖，很舒服，他想说，他很喜欢这样握着她的手，若她能醒过来，他以后不会再这样讨厌她，不会继续让她难过伤心。

温意陷入了无边无际的黑暗中去，她很累，很疼，全身都疼，她好想就这样舒舒服服地睡去，睡一辈子。

耳边响起一道威严沉稳的声音："温意，温意。"声音渐渐地弱了下去，温意努力倾听，却还是什么都听不到。只是感觉身上的痛渐渐减弱，眼前似乎有一道金光闪过，一晃而过的景象，怎么好像是医院的病房？忽然，她只觉得眼睛一疼，下意识地伸手去揉，这一动，整个人惊醒过来。

肚子胀得很，她弯下腰狂吐起来。

胃部的水不停地吐出来，直吐得她眼泪直冒，胃酸倒流。

吐完之后，她虚弱地往后一倒，随即整个人跳起来，因着此刻发现宋云谦竟晕倒在地上！

她伸手在他鼻间探了一下，幸好，还有气。

第七章 惊现灵草

脑子忽然涌进一些片段,是她落水后他尽力救援的样子,还有,他为她运气疗伤,累倒在地,种种画面堆叠让温意不禁鼻子一酸,伸手为他抹去脸上的水渍,喃喃地道:"其实,你真是一个好人,嘴硬心软!"

她坐在地上,觉得屁股底下有些异样,她伸手摸了一下,地上竟然放着一本书。

她觉得奇怪,这荒山野岭的,怎么会有书?她捡起来,书有些陈旧,上面用狂草写着三个大字:金针术。

这三字如同一记惊雷,震荡着温意的身心。随后,温意是如何进入这古代梦境之中的因果,缓缓浮现。

温意生于医学世家,"救死扶伤"几乎是生下来就该肩负的职责,自然,温意倒是喜欢医学,直到成为一名真正的医生也从未有过一丝不情愿。可除了学医,温意还有一个小爱好,就是搜遍所有图书馆,找到每一本历史悠久的"古书",中外不挑,只要看到写着远古以来出现的各种神秘莫测事件的书,温意都会双眼发光,直接冲上去。

那日,她正在老宅的书房登高找书,宅子是从祖爷爷开始一直住的,自从爷爷走后,她许久都没回来过了。小时候爬不到这么高,眼下终于长了个子,回来的第一件事肯定是找来梯子,一本一本地翻看,找找有没有什么感兴趣的古书。

经历了一个小时的上下折腾,温意终于发现了一本没有名字,里面却写满繁体毛笔字的书。后面的记忆不很清晰了,温意只记得,自己确确实实看到了"金针术"三个字,随后……该不会是从梯子上摔了下来,直接脑震荡……或是……

温意甩了甩头,眼下不该多想,赶快看看这书里面的内容,说不定会告诉自己如何醒过来。她心中一动,连忙打开第一页,发现第一页里夹着一个小布包,她打开布包,竟然发现里面插着十几根细长的金针。她拿起来,用手擦拭了一下,金针在太阳底下发出橙黄鲜亮的色彩,竟然真是纯金打造的!

布包里还有一张泛黄的纸,看样子有些年头了。她拿起纸条看,上面写着几句话:"余一生钻研金针术,治病救人,奈何却辜负了深爱之人,金针之术,救人无数,最后却难以自救!"

落款是……"温茛秀"。

温茛秀是谁?温意掀开书页,里面记载了金针的用法和因病落针的方式,写得十分详细,几乎很多疑难杂症都能医治。温意心中生出一股奇异的欢喜,她是学医之人,若这书内记载的东西是真的,那世上很多病都能治了。

她取出金针,摸索着宋云谦头上的穴位,可这金针竟像是有生命似的,轻轻一钻,就没入了他的穴位之中。

而更让她震惊的是,她肯定自己之前从没学过金针术,这是她第一次用,但是她下针的时候,竟然没有丝毫犹豫,似乎早就已经烂熟于心。

沉思间,她看到宋云谦眼皮轻轻一抬,她连忙抽出金针,重新放在布包里,俯下身子问道:"你怎么样,好些了吗?"

宋云谦睁开眼睛,定定地看着她,最后苦笑:"我们都死了?"

温意笑着扶起他:"没死,我们都还活着!"

"什么?"宋云谦一愣,伸手摸着她的脸,"你说什么,你没死,你真的没死?太好了!"触摸着她脸上的温度,他的面容仿若灌入了一个夏天的阳光,明媚得叫人感动,温意眼圈有些濡湿,眸光晶亮地看着他。

温意举着手中的灵草,道:"你看,我们采到灵草了。"

他看着她脸上额上的伤口,语气难得轻柔地问道:"伤口疼吗?"

温意一愣,顺着他的眸光伸手去触摸,才发现自己身上有伤,这么触摸一下,才觉得疼痛,她倒吸一口凉气,道:"刚才不觉得疼,现在……有一点儿……"

宋云谦见她的神情,自然知道不是她所说的"有一点儿"。他回想起刚才的一幕,也有些后怕,道:"这一次真的太危险了,你若真的出事,本王也不知道该如何跟父皇交代,如何跟你父母交代!"

温意听到这里,不知为什么,忽然很想见见杨洛衣的父母,她泪盈于睫,道:"谢谢你刚才救了我,我知道如果不是你,我这一次是必死无疑了。"

宋云谦因着温意劫后余生,之前对她的种种敌意都消失了,至少,在这个瞬间,他的脑子里想到的不是她对可儿做了什么,而是她嫁进王府之后,他对她做了什么。心里揪起来,其实她真的不算太差。

"你没事就好,咱们两个人来,必须两个人回去,一个也不能少。"宋云谦叹息道。

"你先休息一下,我给你取点儿水来,滋润一下嗓子。"温意转身,从包裹里取出水壶,顺便把书和金针放在包裹里,宋云谦并未留意到这一细节,不过就算他留意到,也不会觉得有什么问题,因为她包裹里的东西太多了。

宋云谦喝了几口水,温意又让他吃了点儿东西,他才慢慢地恢复了体力。

他见温意能走能跑,心里暗自奇怪,按理说她应该比他更加虚弱才是,但是为什么她此刻看起来一点儿事情都没有？若不是亲眼看着她摔下去，又亲手抱着没有呼吸的她走上来，他真的会以为刚才只是一场幻觉。

下山的时候，温意健步如飞，宋云谦十分郁闷，终于还是忍不住，问道："你怎么这么精神？"

温意愣了一下，是啊，刚才她是差点儿死了的，而且额头身上都有伤，之前上山的时候，她扭伤了脚，还要他背着步行了好长一段时间。扭伤了脚，还这么疼，怎么现在伤口这么大，却只有在他提起的时候才感觉到疼？

温意拍了一下自己的脑门，因为这是梦啊！怎么在梦境里时间久了，还真把自己当成杨洛衣了……

看着宋云谦不解的眼神，温意灵机一动，抓起宋云谦的手，往自己的脸上摸去，问道："我是暖的还是冷的？"

"暖的啊，怎么了？你刚才奔跑得这么快，都出汗了，当然是暖的。"宋云谦神情更加怀疑。

温意松了一口气："我还以为我死了，我也不知道为什么，最近总是这样，觉得自己有很多力气，不过我此刻这么精神，大概是你输了内力给我。"

这个解释倒也说得过去，宋云谦心里有些郁闷，她是精神了，但是自己却像个病鬼似的，走几步就要喘几大口气。

下山的途中，经过蛇山，温意依旧很害怕，宋云谦牵着她的手，一步步走出去。

温意心里莫名感动，这一次上山，让她看到了一个不一样的宋云谦。他的手掌很大，有厚厚的茧，一位王爷，自小养尊处优，自然是不用做什么苦工的，这些茧子，大概是他练武握剑造成的。温意心里很佩服，她知道练武是一项艰辛的体力活，能撑下去的，意志力一定很惊人。

过了蛇山，宋云谦也没有松懈，因为他知道马上就要面对山贼的威胁。之前上山的时候，杀的藏獒是有人养的，它们死了，一定会引起山贼的警惕。

温意不知道宋云谦为什么越走越急，安慰道："放心，我们还有时间。"

宋云谦环顾四周，四周一片寂静，除了风掠过树林发出的声音，连鸟鸣都没有听到。

这种寂静是不寻常的，宋云谦轻声道："辛苦点儿，先下山再说。"他没有跟她说可能会有山贼来报复，怕吓着她。

他话音刚落，温意便停住了脚步，她凝神屏息，侧头轻声道："这里有好多人。"

宋云谦有些愣住："哪里有人？"

温意又仔细听了一下，道："很多人呼吸，有很多呼吸声，起码一百多个人！"

呼吸都能听到？宋云谦侧耳听了一下，但是耳边除了风声之外，再听不到其他的声音。他想起之前上山的时候，她就听到狗叫声，而他是等藏獒来到近处才听到。之前可以说她是猜测，但是如今见过一些发生在她身上的奇迹之后，他相信她刚才说的话。

他脸色一沉，道："快走！"他内力还没恢复，莫说一百个山贼，就算十个，也未必能够应付。他死不要紧，但是她落在山贼手里，只怕要受尽折磨了。

只是话音刚落，四周就冲出来一群人，个个都是彪形大汉，凶神恶煞，手中拿着斧头，把他们团团围住。

为首的是一个穿着蓝色粗布衣裳的男子，六尺左右高，身材健壮，肤色黝黑，他眼里有狠戾的光，他手里没有武器，但是气势凌人，应该是山贼的头头。

宋云谦把温意揽在身后，沉声问道："来者何人？"

那为首的男人冷冷一笑，问道："我的宝贝儿们，是你杀的？"

宋云谦大概能猜到他说的"宝贝儿们"就是那些藏獒，虽然知道不能承认，但是他从来不是那种敢做不敢当的人，他道："没错，是我杀的，但是，是它们攻击我们在先。"

山贼头"嘿嘿"地笑了起来，他一笑，周围的山贼全部都跟着笑了起来，开始是耻笑，继而笑得越来越大声，最后竟然捧腹大笑。

宋云谦与温意面面相觑，这些人在笑什么？

山贼头子忽然止住笑声，道："它们是畜生，畜生攻击人有什么奇怪？可你们跟畜生计较，莫非你们也是畜生？"

如此奇怪的理论，不是宋云谦反驳不得，他脸色有些发青，盯着山贼头子，不敢有丝毫松懈。

温意从宋云谦身后伸出脑袋看着那山贼头子，开口道："这说法看似合理，但其实狗屁不通。狗攻击我姑且算是它的本能，但是人受到来自外界的攻击，反抗也是我们的本性使然，我们人类若是让狗欺负了，岂不是连畜生都不如了？"

所有人都盯着温意看，那山贼头子的眼睛闪过一抹惊艳："哟，这位小娘子所言在理啊，老子最喜欢伶牙俐齿的小姑娘了，走，跟老子回去，咱们好好聊聊！"

长剑在宋云谦的手上，他按住剑柄，对温意道："一会儿打起来，你赶紧逃，送

第七章 惊现灵草

灵草下山，我的侍卫都在山下等着。"

温意摇摇头，"你说的，我们两个人来，自然要两个人回去，一个也不能少。"

"现在不是情况有变吗？你送灵草回去，皇嫂还有救。"宋云谦压低声音，怒道。

温意固执地道："不，我不走！"

山贼头子一扬手，顿时他身后蹿出十几个山贼，挥着斧头就冲过来。

宋云谦持剑而起，他内力不继，一定要先下杀招，震慑这些人，否则，他们全部冲上来，他是无力抵挡的。

他身形飞快地穿梭在十几名山贼中，首先撂倒了其中两个，他迎风而立，衣袂飘飞，竟有一股凛然的气势。

那被他撂倒的山贼很快断气，内力虽然还没恢复，但是在三两招之中杀两个山贼的能力还是有的。

山贼果真被震慑了，退后一步，有些惊慌地看着宋云谦。但他们也只是退后一步，并没有退下去。

宋云谦回身对着温意怒吼一声："走！"

温意背着包裹，怔怔地看着他，理智告诉她：要逃，因为她手上还握着另外一个人的性命，她不能任性。但是温意知道宋云谦此刻的状况很不好，体力还没恢复，他是无法应付这么多山贼的，他一定会死在这里……

她挪不开脚步，摇摇头道："我不走！"

宋云谦急了，一个闪身飞回来，将温意一把推出老远，额头上青筋暴现："你想落在他们手上吗？"

宋云谦能说得出这句话，证明在他心里也很清楚，这一次必然凶多吉少了。

温意心里很酸，她牵起宋云谦的手，也不知道是一时冲动还是情绪作祟，她道："我们是夫妻，不能同生，但求共死！"

宋云谦的眼神有些复杂，他喉咙一阵发紧，如今生死关头，她这般地不离不弃，证明她心里真的把自己看得很重要，而自己之前是怎么对待她的？他觉得很后悔，假若有来生，他不会再辜负她。

但此刻，他却不能眼睁睁地看着她死，或者落在山贼的手上。他一字一顿地道："你立刻下山，找他们上来营救本王，本王有把握能拖住他们。"

"当真？"温意看着他，从这里下山不需要太久了，她力气够，能一路飞奔下

去，而他之前也吩咐过侍卫，若两天不见他，就上山来寻。如今是第二天下午了，侍卫应该会寻上山来，若是侍卫赶到，他就有救了。而这山太大，侍卫就算一路寻上来，若方向不对便难以找到他们，确实也只有她下山报信才稳妥。

宋云谦眼角余光看到那山贼头子又一扬手，他急忙道："快走，凭本王的身手，能拖他们一个时辰，你快走，不要耽误时间！"

宋云谦从怀里取出一个指环，放在她手上，脸色竟有些沉重："这是我的信物，他们见到就会听你的号令。"

温意匆忙收好指环，撒腿便跑。她真要争取时间，她真怕了，怕他出事，怕真的……再也见不到他。

山贼分开两路，一路追她，一路进攻宋云谦。

温意跑得很快，她也不知道自己为什么会跑得这么快，仿佛下坡失去控制的车子，又像是离弦的箭，收也收不住。

越来越多的山贼追赶在她身后，她知道这样对宋云谦有利，她很想哭，心里胡乱地猜测，他会出事吗？他把内力输给自己了，那他岂不是没有内力了？他要是死了怎么办？他其实也不讨厌，他是挺好的一个人。

山贼明知道追不上温意，但也没有放弃，因为他们的头头对这个女人志在必得，若追不上回去无法交代。他们都觉得很疑惑，一个看似弱不禁风的女子，竟然跑得这么快！会不会她才是高手？所以，追着追着，山贼的脚步慢了下来，他们心中有数，追这个女人只是为了应付头头，但若因此招致杀身之祸，那才是无辜枉死。

之前宋云谦一出手就杀了两个山贼，看来还是有震慑作用的，起码现在为温意解围了。

终于，跑了约莫半个时辰，温意终于看到一队穿着便服的侍卫上山，她认出了为首的那个人，她见过，在王府见过。

她飞奔过去，一把拉住那个人的衣衫，惊乱地道："快，他有危险，快上去救他！"

被她拉住的人叫司林晨，是王府的侍卫统领。本是奉宋云谦之命在山下等待，但是他心里总有不祥的预感，所以提前带人上山了。

温意以为他不相信，从怀里摸出指环，递给他，道："你看，这是他的信物，他交给我的，他有危险，你们赶紧去救他啊！"

司林晨一见指环，整个人退后一步，脸上有骇然的神色，温意跺脚："你还看什么啊？还不快走？"

司林晨喃喃开口："指环是王爷贴身之物，王爷曾言，指环一旦离身，代表他人已经遭遇不测！"

温意愣住了，忽然大喊一声，"你骗我！"说着，便又跑上山。

司林晨连忙追着温意前去，王爷已经遭遇不测，若王妃再出点儿什么事，宁安王府就彻底没了。

温意的眼泪掉了一路，也顾不上擦，他早知道自己支撑不了多久，他只是骗她离开。你不能死，千万不能死！

司林晨紧跟在后面喊道："王妃您慢点儿，您先休息一下，卑职领人去救王爷！"

温意置若罔闻，她脑子里只有一个念头，那就是不能让他出事，真的不能出事。他是为了救她，才会内力全失的，他若是出事，她是最大的罪人。

他之前说过好多次，不能带她上山。温意思绪一片混乱，只要想到自己真的可能会害死他，泪水就止不住地流。

温意心里难过，有针刺般的疼痛，她身体里每一条神经都烧灼般地疼，生与死，在一个医者眼里，本没有平常人那般骇然，但此刻她很在乎，甚至于她知道，若宋云谦出了事，她这辈子都走不出这个阴影。

一行人飞奔到与山贼交战的地方，可眼下此处一片狼藉，血迹斑斑，一看便知道经过一番恶斗。可奇怪的是，这里只有山风习习，却空无一人！

温意疯狂地在寻找，她在血淋淋的平地上发现一块布，她认出这是宋云谦穿的衣裳，此刻心跳顿时加快，似乎要跳出来一般惊恐。侍卫见到此情此景都一片哑然，司林晨悲痛地道："王爷，大概是凶多吉少了！"

温意猛地回头，毅然下令："找，找到为止！"她从背包里取出灵草，递给司林晨，"你命人快马加鞭送回宫，我与你们留在这里！"

司林晨拱手道："是！"他伸出手，以迅雷不及之势，打在温意的后脑，轻声道："王妃，得罪了！"

他招手吩咐手下："快，送王妃回宫！"

温意的脸上、额头上都有伤，司林晨知道，眼下王爷已经出事，不能再让王妃有半点儿危险。

几名侍卫护送温意下山，上了马车，天色已经暗下来，连夜赶路，有望在明日一

早回到皇宫。

温意做了一个很长很长的梦,梦里,宋云谦死了,而她则被山贼抓住,回了山贼的贼窝,有人在她耳边大声地怒吼,她喊宋云谦,却想到宋云谦已经死了,她想回去找宋云谦,她不断地反抗,终于,她逃脱了,她飞奔回去找到宋云谦,可宋云谦的尸体却不见了。"宋云谦!"她悲声喊道,耳边,有乌鸦不断地悲鸣,她像个疯子一般,在山间奔跑寻找他,她跑了很久,哪里都找不到他。

然后,她仿佛被人丢进了冰冷刺骨的潭水里,她全身都很疼,脑袋疼,脸上疼,身体也疼,她看到自己的血不断地流出来,染红了潭水。

她心里想,宋云谦会来救我的,他会来的,一定会来的……

"洛衣,洛衣……"耳边不断有声音在呼喊,她定神细听,有人在喊她?是宋云谦吗?宋云谦安全了吗?温意心里一着急,她用尽全力喊了一声:"宋云谦……"

随即,她整个人都清醒了,她睁开眼睛,环视着一屋子的人,心中荒凉,她回来了?那宋云谦呢?

她还没发问,杨洛凡便冲了上来,她梨花带雨,一贯精致的妆容花了,抡起拳头用力捶着她,哭着质问道:"王爷呢?为什么只有你回来了?王爷呢?"

有人上前制止杨洛凡,太后就坐在她床前,除了太后,还有一个身穿凤袍的高贵妇人含着一脸的悲伤看着她,妇人的脸色有些苍白,精致华贵的凤冠垂下金流苏,她微微晃动,那流苏便发出清脆的声音。她就这样愣愣地看着妇人,眼圈一红,眼泪就这样"哗啦啦"地掉下来了,她的容貌,和自己的妈妈一模一样,但她知道她不是妈妈,她穿的衣服上绣着凤凰,头戴凤冠,这皇宫里,只有皇后是这般打扮。

"孩子,你受苦了。"皇后轻声道,"不用担心,司林晨他们已经在找谦儿了,他一定会平安无事回来的。"

皇后此话,倒也不是只安慰温意,她对自己的儿子有信心,她知道宋云谦武功高强,几个山贼,不会放在眼里。

但是她不知道的是,宋云谦在遇到山贼之前,就已经内力全失,而且,他面对的不是几个山贼,而是一百多个。温意当时在山上还没来得及跟司林晨说,就直接被打晕送了回来,回禀的侍卫也不知道情况,只是说了个大概。

皇后回过头,淡淡地扫视了杨洛凡一眼,用略带着责备的口吻道:"她是你长姐,她受了伤,你没有一句问候,还……这是作为妹妹应该有的态度吗?"

杨洛凡也是过于担忧宋云谦,一时失态,但是由此可见,她是真心爱着宋云谦的，否则，以她谨慎的性子，不会做出这样的举动。

此刻，一向温雅的皇后出言训斥她，她也十分惶恐，退后一步，施礼道："妾身也是一时情急，冒犯了姐姐，实在是妹妹的不是，姐姐，您没事吧？"

温意瞧着她，眸光复杂，更多的是内疚歉意，她轻声道："柔妃，对不起，是我连累王爷了。"在她心中，杨洛凡才是宋云谦的妻子，他们真心相爱，如今宋云谦生死未卜，却是为了救她，她自该要对杨洛凡说一句对不起的。

太后道："你跟她道歉做什么？这一次，你救了叶儿，却害得自己满身伤痕，哀家瞧见你这副可怜的模样，心里就难受，也不知道会不会留下疤痕。"

温意道："皇祖母不必难过，多几道疤痕也不错，至少我还好好的，我担心王爷。"

"哀家相信谦儿，他会没事的。"太后笃定地道。

温意不敢说出宋云谦内力全失的事情，怕她们会乱成一团。毕竟，一个是宋云谦的母亲，一个是他的祖母，一个是他的妻子，他出事，这三个人应该是最伤心的。

只是，她此刻的心就如同放在油锅上煎熬着，每一秒都十分痛苦。

她想起灵草，连忙问太后，"灵草呢？送去太医院没有？"

太后安慰地拍着她的手背，道："已经送去了，也已经煎了药送过去给叶儿服下，她已经醒来了！"

温意松了一口气："那就好。"

这么辛苦，总算没有白费心思。只是，王妃救回来了，宋云谦他能回来吗？

太后回头看了一下，有些不满地道："这好歹洛衣都救了叶儿，怎的不见容妃过来问候两句？"

皇后温婉一笑，道："母后，容妃此刻肯定是陪在叶儿身旁，而且，安然皇孙也不太好，容妃许是顾不过来了。"

说起皇孙，太后脸上又堆满了愁云惨雾，她哀声道："哀家就想不明白了，这孩子才刚出生，怎的就要经历这么多苦难？"

皇后安慰道："母后，自古年少多劫难的人，长大了定会出息的。"

太后摇摇头："哀家不期盼他多有出息，只盼着他开心、平安就好，咱们皇宫里出来的孩子，看似尊贵，却是天底下最苦的人，哀家有时候想想，也替他们难过。"

温意听两个人的对话，似乎是那孩子仍未康复，她问道："安然皇孙怎么样了？

他不好吗?"

这"不好"二字对刚出生的孩子本是忌讳,但是众人都觉得温意是出于担心焦急,也没有人开口纠正。太后更是似乎没听到一般:"御医说他黄得厉害,而且这两日,喂进去的奶水总是吐出来,一直哭闹,哭得脸色都青了,哀家今日瞧了一回,听到他哭得这么凄凉,心都要碎了。"

温意连忙掀开被子:"我去看看他!"

皇后连忙按住她:"你现在这身子还太虚弱,好了再去吧。"

温意挣扎着要起来,道:"不行,我怕他是急性溶血,母后,让儿臣去看看,看过没事,儿臣马上回来休息!"

杨洛凡也在旁边劝道:"姐姐,您就躺着吧,您的伤还没好,身子虚弱,这一出去吹风,再晕倒怎么办?再说,您又不是大夫,去了也帮不上忙,反而添乱,皇孙有御医看着,没事的!"

太后也道:"你就听柔妃的劝,好好地躺着,御医在那边看着,有什么事,会过来禀报的。"

温意也不知道如何跟他们解释溶血的危险性,皇孙是她接生的,她还是皇孙的义母,那幼小的生命可不能再有什么闪失了,否则,真的会要了镇远王妃的命。

她哀求道:"皇祖母,您就让我去瞧一眼,瞧过没事,我马上回来。"

太后摇摇头,嗔道:"真拿你没办法,去吧去吧,不过,得坐肩舆过去,还有,多穿件衣裳,你如今身体虚着呢。"

说着,太后回过头命人准备肩舆,转过来又对温意说:"你这孩子,浑身都是伤,真不知道你们到底经历了什么。御医说你能捡回一条命,是你的造化,如今可半点儿不能掉以轻心了。"

温意其实都不觉得疼了,她不知道自己身上有多少伤口,竟让太后如此感慨怜惜。她双脚落地,立刻有宫女上前伺候,温意不大习惯,但想到这宫内的规矩如此,若执意自己穿,便又要被说矫情,随即任由宫女服侍着。

温意上了肩舆,一直抬往初阳殿。她自觉已经好了许多,但是宫女们依旧当她是病重的人,一路上关切慰问,怕她有一丝不舒服,便要立刻请御医。

第八章 解救宋云谦

太后与皇后也坐着肩舆与温意一同来到初阳殿，容妃见到宫女搀扶温意过来，也顾不上问候，便哀声道："洛衣，你快来看看安然，他之前吐奶，吐得一身都是，刚换过衣衫，哭得累了，好不容易才入睡。"

容妃已经把温意当作是安然的救命恩人，御医忙了几日，都没有一点儿疗效，她此刻把所有的希望都寄托在温意身上了。

温意瞧见安然皇孙的脸色，她的心当场就凉了半截，黄得很厉害，她上前撑开安然的眼睛，眼白的部分已全部变成黄色。温意骇然道："有可能是急性溶血。"

"那是什么？可否医治？"容妃见温意脸色陡变，吓得声调都变了。

太后也疾步上前，容妃这才看到太后与皇后都来了，急忙福身行礼："妾身见过太后！"然后又到皇后跟前："皇后娘娘有心了！"

太后道："不必拘礼了，安然怎么样了？"

容妃几乎要哭出来了，道："一吃奶就吐，一吐就哭，累了才会睡。"

太后问温意："你刚才说的是什么病症？"

温意简单地解释了一下，道："黄疸分两种，一种是生理性黄疸，是孩子出生之后的常见现象，在几日之后会自然消退；而另一种是病理性黄疸，则是身体出现了毛病，新生儿病理性黄疸，则有可能引发新生儿溶血病、新生儿感染、胆道畸形和新生儿肝炎等，而最常见的，就是溶血。"

"你说的这些，哀家都不懂，你就说要怎么做才能治好他？哀家见他这副模样，难受得很！"太后也着急了，御医诊断了几日，都没说出个所以然来，如今温意一看，就说出安然的病，但是见她神色这么凝重，也知道情况危急了。

温意没有回答，她陷入了沉思中，首先要做的是光疗，但是这里并没有仪器，唯一能做的，就是用自然光。治疗新生儿黄疸，用的是蓝紫光，而太阳光中，有赤、橙、黄、绿、青、蓝、紫等几种光波，所以，晒太阳的功效还是有的。

她一抬头，立刻道："把安然带出庭院去，让他晒太阳。"

容妃愕然抬头："晒太阳？这外面风大，他现在身体这么虚弱，怎么能出去见风？"

温意凝重地道："容妃娘娘，您若不按照我说的做，安然会有生命危险。"

容妃将信将疑，抬眸看向太后，太后也有些犹豫，道："洛衣，容妃说的也在理，这外面风大，安然年幼体弱，见风不喜啊！"

温意知道要跟她们解释"光疗"，是一件很晦涩难懂的事情，她道："你们先带安然出去晒太阳，我再慢慢跟大家解释。"

皇后拉住温意，轻声道："孩子，你这些可有根据？安然是皇上第一位皇孙，莫要因为逞强害了他！"此话说得很轻，外人没有听到，但是温意却是一字一句都听入耳中，她知道自己责任重大，若是安然皇孙有什么事，她一定难辞其咎。但是，生命与责任之间，她没有选择的权利。

她看着容妃，道："皇孙的情况很危险，听我的话，尚有一线生机。"

容妃慌张了，六神无主地看着温意，张张嘴，也不知道说什么，转而看着太后，"还请太后娘娘做主！"

太后沉吟了一会儿，对身边的陈嬷嬷道："去请御医过来！"

陈嬷嬷福福身，就旋身出去了。

很快，院判大人便领着两名御医过来，这两名御医都被称作"妇婴圣手"，这两日，太医院的御医们几乎都没有休息，一直在翻查古籍，研究药方为皇孙的病想办法，自从上官御医被打入天牢，御医们都惶恐不安，谁也不敢偷懒。上官御医如今还没处斩，但是谁都知道，他怕是出不来了。

今日太后传召御医，这两名御医来之前便心中有数，惨白着脸吩咐了一下医士，同各家里通报了一声，只怕有去无回。

温意并不知道这些，她见御医来到，便上前询问病情，因为皇孙一直是他们诊治，他们应该知道具体情况。

只是御医们所知不多，其实在民间，出现这种情况，一般婴儿都会夭折。皇孙至今还能保住性命，也多亏了御医们医术高明。

温意在御医身上找不到什么资料，他们虽然是妇婴圣手，但是对这种情况是无可奈何的。

御医们心中都有数，皇孙黄疸不退，之后的情况就会一直差，最后，只能是夭折了。但是谁也不敢说出来，如今纵然温意问起，他们也都说对这种病症无能为力，却不说出最坏的结果。

太后问院判大人："如今王妃说要把皇孙送出去晒太阳，你们也给点儿意见，如今不是夏日，秋凉渐浓，抱出去着凉了会不会有危险？"

院判对温意的意见有所保留，他道："这风渐大，皇孙亦是在病中，若此刻抱出去吹风，只怕病情越来越重，微臣不建议！"

太后听院判这样说，沉思了一下，她到底是个保守的人，而且一贯以来，病人不能见风，这点在中医上是成立的，但是温意之前冒险的做法救了王妃和皇孙，之前产房里传出来，说孩子在母体里已经没了，最后经温意的手，他却活过来了。只是之前或许是侥幸，但是如今不能靠侥幸了，她道："既然如此，你们尽力救治，安然是哀家第一个重孙子，哀家要他活着，否则，你们太医院的人，提着脑袋来见哀家！"

此话一出，院判大人与两名御医皆是脸色一变。

横竖是一死，一名御医毅然上前道："微臣以为，宁安王妃所提的法子可行！"

太后挑眉，直视着他："你说说她的法子如何可行？"

那名御医道："天地万物，相生相克，而日属阳，皇孙在襁褓中，又在病中，阴气较重，阳气足则能驱阴气，宁安王妃所言，并非没有道理。"

太后对这套理论十分信服，她听着，脸上便带了喜悦，道："那如此说来，是有根据的？"

"微臣不敢隐瞒，皇孙如今的情况十分危险，只能是兵行险招，若一直保守治疗，只怕后果不堪设想。"那御医其实心里没有底，但是他相信温意，他相信她是有信心才会这样说的，与其等死，不如试试，若皇孙最后安然无恙，他还能记上一功；若皇孙无救，死罪难逃，这个结果是必然的。

这名御医叫龙飞，今年二十五岁，二十二岁入太医院，他已故的父亲，之前是太医院的院判。龙飞自小学医，医术精湛，所以年纪轻轻，便入了太医院，他一直安守本分，如今也算不得是投机取巧，只是为了活命，他不得已只能这样做。

太后权衡利弊，最后下令道："好，洛衣，哀家信你，你吩咐下人们该怎么做。"

温意松了一口气，立刻转身对奶娘道："你马上用包被抱着皇孙出去庭院，搬一张椅子，晒半个时辰，之后每一日，早上下午，都要晒，我会跟御医们商议一下，该用什么疗法为安然治疗。"

奶娘领命，立刻抱起皇孙，她伸手一摸，道："尿湿了，奴婢先为皇孙换尿布。"

她手势熟练地抽出一块干净的尿布，放置在一旁，然后打开襁褓，瞧了一下，道："是拉了，这几日拉的净是这些白白的粪便。"

温意一愣，询问奶娘道："你这几日给皇孙喝过什么？"

奶娘连忙跪下回答："王妃恕罪，奴婢这几日并未给皇孙喝过奶水之外的东西，但是奶水喝下去，皇孙也基本都呕吐了。"

温意拉起她："我只是问问你而已，你如实作答便是了。"

奶娘这才和缓了脸色，应道："回王妃，这几日皇孙确实只是喝奶，偶尔也喝两口水，其余，便再没有喝过任何东西了。"

她回头看着御医们："你们不知道这个情况？"

御医们面面相觑，抬眸见太后脸色沉凝，当下便心中一慌，齐齐跪倒道："微臣有罪！"

温意沉吟了一下，上前按压皇孙的腹部，可皇孙的腹部硬邦邦的，她按了两下，皇孙就脸色大变，惊醒过来，号啕大哭。

温意蹙眉，亲自为皇孙换了尿布，然后继续按压他的腹部，皇孙哭得越来越凄厉，容妃心痛，却不敢上前劝阻，怕影响温意断症。

温意放开皇孙，回头对太后道："皇祖母，我想跟御医讨论一下！"

太后"嗯"了一声："你们去偏厅慢慢说，洛衣，安然的命就在你手上了，你千万要救他！"

皇后怜惜地看着温意，问道："洛衣，你能支持住吗？你自己还有伤在身的。"

温意迎上皇后慈爱的双眸，她酷似自己母亲的面容，让她心中一酸，眼泪几乎要夺眶而出，她移开眼，声音已微微变调："母后不用担心，我没事。"

温意与御医们去了偏厅，走的时候，还隐约听到皇后说话："这孩子，自己带着满身的伤，却半点儿不顾，你没看她眼圈都熬红了，大概也疼得厉害，声音都变了……"

容妃喃喃地道："想不到昔日本宫对洛衣那般挑剔严苛，如今竟换得她如此拼命为本宫的儿媳和皇孙，本宫真是无地自容。"

容妃往日因着皇后宠爱杨洛衣，所以对她态度不好，当时的杨洛衣，也曾经顶撞过容妃，容妃更是看不惯她。

温意此刻顾不得这么多，她很担心宋云谦，这份担心一直都没有消减过，她不愿意去想他会经历些什么，落在那些残暴的山贼手中会遭受些什么样的折磨，她只要一想到这儿，心里就难受得厉害，仿佛悬在半空，随时都会跳出来。

但是，当跟御医们开始讨论皇孙的病情，温意便投入其中，十分专业。

她道："我怀疑安然是新生儿阻隔性黄疸！"

院判不明白地看着她，他瞧了两名御医一眼，见他们亦是十分迷茫，便问道："敢问王妃，什么是阻隔性黄疸？"

温意脸色十分凝重，道："新生儿阻隔性黄疸，多是由于先天性胆道畸形引起的，以先天性胆道闭锁较为常见，这种病会引起胆汁淤积，唯一的办法是用手术治疗，但是我们不具备为新生儿做手术的条件，所以我建议太医院先开退黄的药，制订一套治疗方案。但是，我也不妨跟大家说句实话，若确诊是先天性胆道闭锁引起的阻隔性黄疸，我们只能眼睁睁地看着皇孙一步步走向……"温意没有说下去，但是大家都明白。

谁也没有作声，皇孙若救不回来，死的不仅仅是皇孙一个人。

"但是，我们之前开的退黄药方，对皇孙起不到作用。"御医龙飞道。

温意点点头："病理性黄疸与生理性黄疸不同的地方，是生理性黄疸就算不服药，也会慢慢消退。我虽没看过你们的药方，但是我很肯定你们用的方子，只是一般去黄的方子，这种针对生理性黄疸是可行的，但是针对病理性黄疸，一时片刻，疗效是出不来的。先退黄，注意皇孙有没有发热，其余的，我们再想办法。"

温意心底沉重，皇孙是她接生的，本以为这小婴孩能逃过一劫，结果还要面对这样的折磨，那幼小的生命如何能承受这种连大人都无法承受的痛楚？若让镇远王妃知道，只怕会要了她的命了。

院判看着温意，道："若按照王妃所言，要是确诊了皇孙是先天胆道闭塞，那我们是做什么都无用了吗？"

温意沉重地点点头："确实如此，先天性胆道闭塞，只能是用手术治疗，我们无法施行手术。帮王妃开刀生子，已经是极度的冒险了。"

院判默然道："微臣明白了，微臣立刻开一些疏肝利胆、泻火去湿的药给皇孙服用，希望能尽快确诊皇孙的病情。"

"好。"温意如今只希望不是先天性胆道闭塞，否则，按照现在的医疗条件，回天乏术了。

温意又建议道："如果保守的方子无效，试试茵陈、栀子、黄芩苷、金银花一同熬水，给安然皇孙服用。"

她对中医不精通，但是也知道皇宫用药谨慎，所以，怕不得其法，便给了一个药方，这个药方，在现代也有人用于制成中药，治疗病理性黄疸，疗效不错。

院判有些奇异地看着温意："这个方子，其实微臣也想过，只是这个方子极寒，怕皇孙身体承受不住，所以微臣不敢下重药，只敢开了些金银花水给皇孙服用，如今听王妃的话，那微臣就放胆一试！"

制订了治疗方案之后,皇后便坚持要温意回去休息。

温意额头的伤已经包扎好了,被皇后安置在昭阳殿暂住,由皇后身边的首领宫女菊香亲自领人照顾。而杨洛凡也自动请旨照顾温意。

温意躺在床上,心底无法平静。为了不让皇后担心,她闭上眼睛装作睡觉。

只是她哪里睡得着?纵然喝了御医开的安神药,她还是半点儿睡意都没有。

四周一片寂静,有人伸手为她拉了拉被子,她以为是菊香或者是其他宫女,便没有睁开眼睛。

"姐姐,你若是还没睡着,就起来陪我说说话吧。"是杨洛凡的声音,她的声音中透着无奈和焦虑。

温意睁开眼睛,杨洛凡憔悴的面容映入眼帘,她环视了一下四周,寝殿内只有她与杨洛凡两个人。

杨洛凡道:"人都被我打发出去了。"

温意坐起来,看着杨洛凡:"我知道你担心王爷,我也担心,但是此刻,我们除了等,没有其他法子。"

杨洛凡泫然欲泣,道:"我担心得不得了,你是不是有所隐瞒?王爷是不是已经出事了?"

温意不语,她不忍心道破,怕她接受不了,她能看得出来,杨洛凡是真心爱宋云谦的,若是让她知道宋云谦的状况,只怕她会一味地往坏处想。

只是她不说,杨洛凡心里更忐忑不安,她坐上床来,扶着她的肩膀,哀求道:"姐姐,我求求你跟我说,王爷到底怎么样了?"

温意抬眸看她,一直以来,杨洛凡对她的态度都很差,一直骄矜自傲,从不把她这个姐姐放在眼里,但是如今她放下身段,卑微地哀求她,温意若说无动于衷,是假的。

温意叹息一声,道:"洛凡,我们对他要有信心,王爷会回来的。"说这句话的时候,她心里一点儿底气都没有。她是最清楚情况的人,宋云谦若想突围而出,只有一个可能,那就是忽然有高手从天而降帮助他。但是那个时候,荒山野岭,人迹罕至,怎么会有高手路过?

杨洛凡见她一味说这些模棱两可的话,忽然恼了,恶狠狠地道:"都是你,王爷武功高强,就算遭遇山贼,也能够全身而退,他一定是为了救你,以致自己陷身危险中。为什么你不让他带回来灵草,你自己去应付山贼?你死了是你的事,他若出事,我是不会放过你的。"

杨洛凡这段时间都在胡思乱想,想了一千、一万种可能,这种可能是最靠谱的。当然,也不能说他是为了保护杨洛衣,他与镇远王爷手足情深,在遇到山贼的时候,他一定想着让她把灵草带走,自己去应付山贼。这中间也不知道出了什么事,以致他现在都回不来。

殿门外的菊香大概是听到说话声,便推门进来。

杨洛凡听到脚步声,立刻收敛神情,柔声道:"姐姐,您若是睡不着,妹妹陪您说说话。"

温意看着她变脸的速度,有些惊异,但是也没有在菊香面前戳穿她,只是微微一笑道:"我睡够了,妹妹愿意陪我说话,那是再好不过的了。"

菊香笑盈盈地上前道:"王妃,您睡醒了?饿了没有?奴婢命人为您准备了一些小米粥。"

温意感激一笑,道:"有劳姑姑了。"

菊香颔首转身,命身后的宫女下去取粥,又命人打水进来为温意梳洗。

做完这一切,菊香淡淡地看了杨洛凡一眼,道:"侧妃娘娘,奴婢等人要伺候王妃了,皇上身边的人传话过来,说王妃醒了便要禀报,皇上要亲自过来看望王妃。不如请侧妃娘娘为王妃挑一件衣裳,奴婢知道侧妃娘娘的眼光最好了。"

菊香一口一个侧妃娘娘,听得杨洛凡越发恼怒,但因着菊香是皇后跟前的人,她不敢得罪,遂强笑一声,道:"好。"

杨洛凡进了内殿,菊香正色瞧着温意,道:"王妃不必把她的话放在心上。"

菊香是听到了杨洛凡说的话,其实她一直就在回廊里候着,因为窗户微启,她又是练武之人,所以杨洛凡的话句句都落入菊香的耳中。

温意看得出菊香是真心疼惜她,便感激地道:"姑姑不必为我担心,她说什么,我都没放在心上。"

"如此便好,咱们要对王爷有信心,王爷一定能够全身而退的!"菊香笃定地道。

温意"嗯"了一声,想了想,到底是藏不住话,她道:"姑姑,你不知道,王爷在遭遇山贼之前,已经内力全失了。"

菊香骇然地看着她,连忙问道:"怎么会这样?之前出了什么事?"

温意低声说了一下采灵草时发生的状况,又把山贼的数量说了出来,菊香久久不能说出一句话，惊骇地看着温意。

良久，菊香才喃喃地道："希望上苍怜悯王爷，能保佑他平安归来！"只是，说这话的时候，她的声音已经微微发抖。

皇帝来瞧温意，说了几句关心的话，又问起宋云谦的状况，温意也如实相告了，皇帝神色凝重，即刻命人点精兵去天狼山剿灭山贼。

其实点不点兵去天狼山都一样，因为宋云谦的侍卫队人数已经足以剿灭那一群山贼。温意也是因为如此，才在醒来之后，没有把情况告知皇后。

皇帝自然也知道，只是儿子命悬一线，做父亲的自然心急如焚，他没有责怪温意，反而感激温意，因为温意也是为了采摘灵草而险些丧命的。

菊香穿过回廊，回到皇后的寝宫，皇后在窗下的长榻上看书，菊香命身边的宫女退出去。

皇后手中拿着书卷，抬眸看着菊香："什么事？"

菊香轻声难过地道："王妃说，王爷在遇到山贼之前已经内力全失，而且，这一次的山贼大概是倾巢而出，王爷只单独一个人应付，娘娘，奴婢怕王爷会出事！"

皇后手中的书卷"啪"的一声落地，她愕然，急问道："为什么他会内力全失？"

菊香把温意说的事情告知皇后，皇后怔愣良久，眼角滑落泪水，她痛苦地掩面，"本宫一直希望他跟洛衣好，他一直都不听本宫的话，对洛衣百般冷落，如今怎的会为了救洛衣而用尽自己的内力？可见这个孩子根本是对洛衣有情，只是因着可儿的事情积压在心底，因爱成恨，他这两年也不好过。如今若再出点儿什么事，本宫也活不下去了。"

菊香连忙安慰皇后："娘娘，切莫悲观，如今咱们只是做了最坏的打算，王爷一向机敏过人，又是皇家血脉，有上天庇佑，相信一定会平安无事的。"

皇后心急如焚，哪里还能听得进去，她站起身："马上陪本宫去佛堂，本宫要跟太后一同祈求谦儿平安归来。"

"是。"菊香为皇后添衣，往佛堂而去。

走了几步，皇后忽然旋身看着菊香，问道："洛衣是何时学会医术的？本宫以前从未听过洛衣懂医术。"

菊香也觉得疑惑："这点，奴婢也十分不解，听说镇远王妃之前本是难产，又身中奇毒，御医都说母子不保了，结果王妃救了他们！"

皇后沉思了一下，道："此事等谦儿安然无恙归来之后，再跟洛衣好好谈谈，想必，她也一定是经历了些什么……"

皇帝离开之后，杨洛凡来到温意面前，她定定地看着温意，忽然扬手，狠狠地甩了温意一个耳光，她双眸射出狠毒的光，咬牙切齿地道："他是为了救你内力全失的，他若有点儿什么事，我一定要你陪葬！"

杨洛凡在外面，把温意与皇帝的对话全然听去，一瞬间如同五雷轰顶，久久无法回神，连皇帝离去之时，也没有躬身行礼相送。

温意没有还手，之前与杨洛凡交锋数次，杨洛凡都落败，但是这一次，温意一言不发，静静地忍受这一记耳光。

杨洛凡见她没说话，心中怒气更炽，厉声问道："当时的情况，到底是不是你所说的那样？他会不会只是装作失去内力？他一向机智，一向谨慎，怎会为了救你而置自己的生死于不顾？当初他上山的时候，就知道有危险，他知道天狼山有山贼的，他怎么会为了你而如此不顾全大局？你是不是有所隐瞒？"

杨洛凡句句逼问，但她最大的愤怒来自无法相信宋云谦会救杨洛衣，而且是这样不顾自身安危地去救她，他一直痛恨她，恨不得她死，如今怎的会为了救她而倾尽自己全身的内力？

她不相信！

就算这是事实，杨洛凡也笃信宋云谦当时是迫不得已的，一定是另有内情。至少杨洛凡心中笃定，宋云谦十分厌恶这个所谓的王妃。

温意心里也很担忧，她很想回去找宋云谦，但是，她知道自己不懂武功，也没有什么过人的本事，加上有伤在身，皇上和太后不会让她出宫。

杨洛凡知道找她出气也无补于事，但是她不知道该做什么，她每一刻都如坐针毡，心悬在半空，前殿有点儿什么消息传过来，她都能心惊肉跳。所以，她找温意出气，为的就是让自己心安一些。

由于之前温意的脚曾经扭伤过，虽然不痛了，却还是肿起来，御医来为她针灸之时，温意看到御医的针，她忽然想起自己背包里的《金针术》，等御医走后，她让宫女为她找来背包，拿出《金针术》开始研究，看看有无法子可为皇孙治病。

杨洛凡见她完全不搭理自己，心中慌张不已，上前要抢她的书，却被温意抬头冷厉一瞪吓退，温意道："除了王爷之外，如今皇孙也十分危险，你出去，不要妨碍我，你若是实在担心王爷，去前殿等消息！"

　　杨洛凡被她这么凌厉的话语一凶，竟哭了出来。她已经忍了好久，但是因着民间有传说，夫在外，妻不能掉泪，否则不吉祥。如今是担心惊惧加上委屈，再也忍不住了，"哇"的一声就哭了出来。

　　温意放下书，拉着她的手安慰道："我知道你担心王爷，我何尝不担心他？但是担心无用，已经有侍卫前去营救，咱们能做的就是安心等消息，我们对王爷都要有点儿信心，否则，只能是添乱！"

　　杨洛凡凄凄地道："姐姐，若果他能平安归来，我愿和你和平相待，再不刁难你了。"这已经是她最大的让步，就等同皇后如今在佛祖面前许愿，若宋云谦能平安归来，她愿意一辈子吃素。

　　温意道："你放心，若他平安归来，我愿意离开王府，还你王妃之位！"

　　杨洛凡有些触动，抬着湿漉漉的眸子看着她："当真？"

　　"王爷这一次是为了救我而历险，他为了我生命都可以不要，我自当也能成全他的爱情，他心中所爱的人是你，我横在你们二人中间，是个多余的人，我愿意离开。"

　　因着温意这句话，杨洛凡放下心头敌意，对温意也就多了一份姐妹的关怀："姐姐如今还有伤在身，莫要看书了，休息一会儿吧！"

　　温意心中微暖，杨洛凡到底是她的妹妹，有着血缘的关系，她对杨洛凡其实也不讨厌，一个为爱有些疯狂，有些嫉妒的女子，其实也是个可怜的女子。

　　她缓缓放下书本，想先哄她出去，再慢慢地研究，道："好，那我睡一会儿，妹妹也去休息一下。"

　　她躺在床上，闭上眼眸，杨洛凡轻声道："那好，我先出去，姐姐好好休息。"

　　她转身，刚想移步出去，却听到温意忽然尖叫一声，她猛地回头，见温意坐了起来，脸色惨白，双眸死死地盯住一个地方。

　　她以为温意伤口痛，连忙喊道："来人啊，快叫御医！"

　　温意却被她的一声惊呼吓得回神了，她眸光迅速有了焦距，拉着杨洛凡，仓皇喊道："快，叫皇上来！"

　　杨洛凡被她吓着了，喊道："姐姐，你怎么了？是不是伤口疼？"

　　温意忽然抱住脑袋，在床上翻滚起来，像是疼得十分厉害，她口中凄厉地喊道："山洞，山洞！他在山洞里，他没死，快去救他！好痛……"

　　御医与皇上很快就来到，温意的痛苦没有丝毫的缓解，反而越加剧烈，她脸色惨

白,豆大的汗珠从额头渗出,只一会儿工夫,头发便湿透了。

皇帝着急地问御医:"这到底是怎么回事?她怎会痛得这么厉害?"

御医还没回答,温意便抓住皇帝的手,面容有些扭曲,一句话也说不完整:"父皇……他在山洞,东南方,洞口有巨石、有杂草,他双脚不能动,父皇,我头好痛……"温意哭出来,抱着脑袋在床上打滚,最后,竟扑下床去,撞在床边的八仙桌上。

所有人都没能拉住她,她的动作太迅捷,这么一撞,顿时失去知觉。

皇帝焦灼地喊道:"快,抱起王妃!"

即刻有人上前抱起温意,放在床上,所幸有御医在,立刻施救。

皇帝回身对侍卫道:"马上叫吕宁率人出宫,找王妃所说的山洞,东南方,洞门有巨石,有杂草,快去!"

"是!"侍卫应声,急忙出去。

吕宁,是禁卫军统领,也是宋云谦的好友。

这边旨意传达,吕宁便立刻出兵。当日温意与宋云谦出宫去天狼山,因是坐马车而去,加上中途曾经休息,所以用了一夜的时间才赶到天狼山脚下。但是如今禁卫军快马加鞭,只用了两个时辰,便来到天狼山脚下。

宋云谦出事,一直是瞒着镇远王爷的,他一直陪着王妃,后见王妃情况好转,便想亲自感谢宋云谦与温意,直到走出初阳殿,才知道宋云谦出事了,他连忙率一路兵马出城,营救宋云谦。镇远王爷是武将出身,走夜路是寻常事,所以,他虽然比吕宁晚出发,但是却几乎同一时间到达。

两队会合,火把一路而上,用的竟然是行军打仗的速度,循东南方一路找上去。

而之前在山中营救的侍卫,也找到了山贼窝,他们以为宋云谦在山贼窝里,所以如今正在强攻山贼窝。一向寂静的天狼山,今夜里显得特别不安宁,厮杀声、刀剑声,凄厉叫喊声,乱成一片。

经过大约一个时辰的寻找,终于,在东南方的一个山洞内找到了宋云谦。

宋云谦已经奄奄一息,如同破败棉絮一般躺在泥地上,见到有人来,他首先是一惊,待看到镇远王爷,他气若游丝地道:"我没事!"

镇远王爷见弟弟如此,铁汉般的他竟也禁不住眼泪直下,他上前抱起宋云谦,轻声道:"没事,皇兄在!"

宋云谦安心了,他微微睁开眼睛,问道:"洛衣,皇嫂……平安否?"

第八章 解救宋云谦

镇远王爷喉头发紧,道:"你皇嫂,无恙了,洛衣,也在宫内养伤!"

宋云谦露出一个虚浮的笑:"如此,便好了!"他双手垂下,眼睛也缓缓闭上。

镇远王爷吓得当场大喊一声:"不许睡觉,皇兄带你回去!"

宋云谦似乎是没了一点儿声息,吕宁上前探他的鼻息,松了一口气:"还好,赶快走,不能耽搁了!"

回到宫中,已经是第二日的辰时,天刚刚放亮,太阳冉冉从东方升起,天边朝霞漫天,艳丽得叫人无法移开眼睛。

只是,这样的艳丽,因着一排乌鸦飞过,多了几分森冷和凄凉。

宋云谦保住了一条命,但是双腿多处骨折,血脉不通,敲打没有任何反应。

身上有多处的刀伤,他应该是点穴自封,阻止了血液流淌,但是也因此血脉不通畅过久,导致双腿有坏死的迹象。

宋云谦一直昏迷了三天三夜才醒来,当御医宣布他的腿再也无法走路时,他长久没有说话,只是静静地看着床顶上的罗帐。太后、皇后与杨洛凡在他床前暗暗抹泪,他缓缓转头看着她们,道:"不用哭,至少,本王还活着!"

皇帝也哽咽了,铁汉柔情,对着自己的儿子轻声道:"谦儿你放心,朕会遍寻名医为你医治,你一定会好起来的。"

"谢父皇。"宋云谦缓缓闭上眼睛,道,"孩儿累了,想睡一会儿,大家也回去休息吧。"

杨洛凡哭得眼睛都肿起来了,道:"我在这里陪着你,你好好睡。"

宋云谦摇摇头:"不需要,你们都出去吧。"

皇后知道儿子性子一直要强,如今大概也是要独自消化这个噩耗,她心中难过,却不得不给儿子一个空间,对杨洛凡道:"都出去吧,让他好好休息一下。"

杨洛凡哪里愿意走,她盼了这么久,终于盼得他平安归来,她如今只想留在他身边,好好地伺候他。

宋云谦忽然睁开眼睛,环视了一下床前的人,忽然讽刺地道:"本王舍命救了她,怎么,她连来见本王一面都不愿意吗?"

皇后一愣,随即想到他说的是温意,她叹了一口气,道:"洛衣如今还在昏迷中。"

宋云谦脸色一变,用手撑起身子,却扯动了伤口,顿时疼得他皱起眉头,可还是急着问道:"昏迷?她为什么昏迷?皇兄不是说她平安了吗?"

皇帝把那日的事情说了出来，惊得宋云谦半晌没说话。最后，他喃喃地道："父皇是说，皇兄能够找到儿臣，是因为她？"

"是的，那日的情形想起来也十分惊险，御医说她若是撞在角上，只怕就神仙难救了！"皇帝叹息道。

宋云谦躺在床上，心绪紊乱，当日他在山洞之内，以为自己在劫难逃，回不去了，临死前，他喃喃自语，竟是喊着她的名字。这是不是心有灵犀，心意相通？

"儿臣想去看看她！"宋云谦静静地望着皇帝。

太后一口拒绝："不可，你现在还有伤在身，不能乱动，等洛衣好了，哀家会让她过来看你的。"

宋云谦摇摇头，道："不行，孙儿有很重要的东西在她身上，必须立刻取回来。"

杨洛凡道："王爷要拿什么，妾身可以代劳，王爷只管好好休息便是了。"

宋云谦面色惨白，哀求地看着皇帝："父皇，让儿臣去吧，儿臣有很重要的东西在她身上，一定要亲自去取回！"他只重复着这句话，却没有说那很重要的东西到底是什么。

皇帝见他执意如此，便道："朕命人抬你过去。"

宋云谦闭上眼睛，挪动了一下身子，除了身上的痛感，双腿没有任何反应，他心内绝望，但没有表现出来，只是静静地呻吟了一声，自我欺骗双腿有疼痛的感觉。

他被抬到温意的寝室，温意还在昏迷中，如今是她的贴身侍女小菊与嬷嬷在身边伺候着，见皇帝与皇后进来，便连忙跪下行礼。

宋云谦被抬了进来，两个人见王爷身受重伤却坚持亲自来看王妃，心中十分高兴。

宋云谦被抬到温意床前，他静静地凝视着温意，她脸色苍白，双唇干燥，眼睛紧闭，一排好看的睫毛落在眼底，如同一把精致小巧的小扇子。他曾经那么痛恨这个女人，如今她了无生息地躺在这里，却着实让人生怜。来的时候宋云谦得知，御医也束手无策，只能是尽人事，听天命。

他在山洞的时候以为自己死定了，脑海中浮现的，却是她这几日的音容笑貌，他想过，若是自己能重新活一次，一定要跟她说一句"对不起"，他很抱歉，之前曾经那样地伤害她。

而后来，他没事了，她却躺在这里，生死未卜。

第八章 解救宋云谦

"我想跟她待一会儿，你们出去吧。"良久，宋云谦才开口。

皇帝命人退出去，杨洛凡面容不变，心内已经是掀起了惊涛骇浪。暗自猜测着他们在山中发生的事情，宋云谦曾经那么痛恨她，为什么现在却显得如此情深？

碍于皇帝亲自下令，她不得不出去，但是，她没有走远，只在窗下静静地听着屋内的动静。

宋云谦没有说话，只是静静地坐在床前，他离温意的距离，只能拉住她的手。他无法移动，他想伸手触摸她的脸，在她耳边说说话，但是他做不到，只能这样静静地看着她。

宋云谦说不清此刻的感受，也不知道自己为什么一定要看着她才能心安，他不明白这份情愫算什么，他甚至不敢想一个"死"字，若她死了，他会怎么样？他不敢想，连触及都不敢。他就那样静静地握住她的手，千言万语，不知道如何开头。他在酝酿一下，第一句应该说什么。但是，酝酿已久，出口的竟然是他一直不敢触碰的那个字，他喃喃地道："你就是死了，本王也不放过你！"

他一说，鼻子就一阵发酸，连忙别过脸，整理自己几乎要崩溃的情绪。

许久，当他回过头，对上的竟然是温意有些茫然的眼神。

四目相对，他愣住了，她也愣住了。

猛地，她一跃而起，仿佛压根就没受伤一般灵敏，她伸手摸他，有些不敢置信，摸着他的脸，又摸他的手，口中胡乱地道："你没事？你真的没事？天啊，你吓死我了。"说着，温意抱着他"哇"的一声哭出来，把心中所有的担忧和惊惧一次性地发泄出来。

宋云谦喉头发紧，感动中又有些啼笑皆非，貌似她刚才还躺在床上，一副快要死的样子，如今却生龙活虎，拥过来的时候，勒住了他的伤口，疼得他面容扭曲。

宋云谦无力地道："你再不放手，本王要死了……"

温意连忙放开他，见他面色苍白得几乎没有一点儿血气，又见他坐在椅子上一直都没有动弹过，便知道他受了重伤。

她问道："你哪里受伤？严重吗？你怎么不躺着？"

宋云谦淡淡地道："本王已经好了，你以为像你这么脆弱吗？随便撞一撞就昏迷几天，本王可是被一百多个人围着，九死一生，用两三日便恢复了！"

温意粲然一笑，她的笑，如同一束明媚的阳光顿时照进殿内，映入他的内心，他看着眼前的她，脸色依旧苍白，却笑得这么欢喜。

宋云谦心内顿时笃定了一个想法。他静静地笑了一下，道："怎么？不服输？不服输就赶紧好起来！"

温意"嗯"了一声，略带调皮地道："好，我们比赛，看谁先好起来！"

宋云谦对这个打赌似乎没有兴趣，温意瞧见有些异样，却想着他的性子一向都是这样，也就不多问。

温意忽然想起皇孙的病情，连忙问道："我睡了多久？"

"他们说，你昏迷了三天三夜。"宋云谦道。

温意连忙穿鞋子，口中叫道："安然如今怎么样了？退黄没有？"

宋云谦蹙眉："你才刚醒来，不许去！"

温意随手从床上拿起一件外裳，披在身上道："不行，我放心不下，你不知道安然的情况有多危险。"

门陡然被撞开，杨洛凡一脸微愠地看着她："王爷担心你，一醒来就过来看你了，你倒好，醒来也不问问王爷的情况，只顾着去讨好镇远王爷夫妇，亏王爷对你这么好！"

原来，皇帝与皇后走后，杨洛凡一直偷偷听着两个人的谈话，她知道有些事情在她不知道的情况下悄然发生了，她想挽回颓败之势，便口不择言，说温意是为了讨好镇远王爷夫妇才如此紧张皇孙的。

温意抬眸看着杨洛凡，有些微怔，问道："王爷不是好了吗？"

杨洛凡哭道："好？他以后再也不能走路了，他双腿废了你知道吗？就是因为救你，你害了他一辈子！"

如同晴天一道霹雳，温意被炸得几乎站不住。她惊骇地看着宋云谦，嘴唇哆嗦了一下，声音微变，艰难发问："是真的吗？"

第九章 午门救御医

宋云谦淡淡地瞧了杨洛凡一眼，道："大惊小怪，御医也没说绝对，你怎的就说本王一辈子也不能行走？"

杨洛凡哭着道："御医自然是不会把话说死的，王爷，她把害你成这个样子，你还对她这么好？"

宋云谦不悦地道："谁说是她害本王的？本王技不如人，能捡回一条命算好的了。"

温意想起那山中的一战，必定是十分惨烈。心中不禁难过莫名，他其实是抱着必死的决心与那些山贼决一死战了。那日若不是他骗她离开，她的下场一定是比他凄惨百倍。

温意跪在他面前，想看看他的腿，却被他阻止了，道："不用看了，御医都没法子，你看了也没用，再说，诸葛明马上就要回京了，他是神医，一定能够医治好本王！"

温意知道他虽然说得平淡，但是心中一定也难受极了。任谁也无法接受自己一辈子无法走路的事实，此刻，他应该是在经历创伤后遗症，故作平静。他发泄出来还好，如此平静，着实叫人担心。

宋云谦对温意道："你先休息一会儿，本王命人去打听安然的情况，其实你也不用太着急，若真有什么状况，宫里早就翻天了。"

温意想想也是，希望晒太阳和那方子真的能帮到安然皇孙。

她知道他是担心她的伤势，说来也奇怪，她现在仿佛什么事都没有了。每一次都是这样，睡上一觉，醒来之后伤口虽然没有痊愈，却已经不痛了。

此刻，她也无暇顾及自身的状况，眼前就有两个她十分担心的人。

她道："我休息，你也要回去躺着，好好养伤，我坚信，王爷一定会好起来的。"她说得十分笃定，这是她的希望，也是她的祝福。

宋云谦不置可否，淡淡地道："好不好的，本王无所谓，这辈子走了太多的路，现在想休息一下了！"

杨洛凡红着眼道："怎么会无所谓？自然是要好起来的，王爷武功高强，日后是要驰骋沙场上阵杀敌做英雄的，怎么能一直坐在这里无法动弹？"

宋云谦似乎不爱听这样的话，显得有些不耐烦，回头喊道："来人！"

侍卫走了进来："王爷，卑职在！"

宋云谦对温意道："你好好躺着，御医说你可以下床走动的时候才能下床。"

"知道了。"温意此刻不能逆他的意思，因着内疚，事事都顺从。

宋云谦对侍卫道："送本王回去！"

"是。"侍卫抬起宋云谦，杨洛凡自然是跟着他走的，在宋云谦转脸的那一瞬间，温意明显看到他眸光中流露出来的痛苦。他一直是那么要强的人，如今却无法走动，连回去躺着，也要被人抬着。

温意心中也难过起来，躺在床上，深深叹息一声，想着该找个御医来问问宋云谦的情况。

皇孙的情况算是稳定下来，稍微退了点儿黄，但是温意知道根本问题没有解决，不算脱离危险。她一直在研究《金针术》，刚开始的时候，还抱着一种瞧瞧看的心态，但是看着看着，她就怀着惶恐虔诚的心态去读，每一个字都不肯放过。

在读到第三章的时候，里面说到妇婴科，其中就有涉及新生儿黄疸的，当然，分析得并不算完善，但这里附加了下针的方法以及治疗的状况。她如饥似渴，连夜钻研，甚至瞒着小菊和嬷嬷，偷偷地在自己身上扎针。

几天下来，她身上所有的穴位，都被她下过针了，每一次有收获的时候，她都欣喜若狂，几乎恨不得跳起来放声歌唱。

这日沐浴，小菊无意中看到她身上的针孔，顿时哭出声来，问她是不是受了刑。温意笑了笑，心中却是感动的。进入梦境许久，至少，没有人因为她受苦而流泪。

温意额头上留了一道浅粉色的疤痕，不甚明显，刘海遮住之后完全看不见。皇后为她送来清凉除痕膏，涂了几日，见没有退去的征兆她也就放弃了。她腿上有一道伤口一直没有结痂，御医说是她经常走动，磨动了伤口，导致伤口发炎，无法痊愈。

宋云谦知道之后，命人过来通知温意，命她必须等伤口结痂才能下床走动。

宋云谦这几日都没有来看温意，温意本想去看看他，但是他说过不准下床，为了不让他生气，温意只让小菊去打听一下宋云谦的消息，小菊回来告知温意，宋云谦如今正在治疗中，而且情况看起来也不错。

皇孙的情况虽然算是稳定，但是一直没有好转，每日都是吐奶，能吃到肚子里的奶不多，所以也比同期的婴儿瘦弱。

镇远王妃也好了起来，她好了之后第一件事，不是去见皇孙，而是穿戴整齐，亲自来给温意磕头，吓得温意连忙扶着她起来，虽说她的毒解了，但是到底还在月子中，身体还很差。

见过温意之后，她还想去给宋云谦道谢和致歉，却被镇远王爷阻止了。镇远王爷

叹息道:"自从诸葛神医回来看过他之后,皇弟这两日一直把自己关起来,不吃不喝,父皇和母后都急坏了,如今瞒着皇祖母那边,不敢让她老人家知道,你就是去,他也不会出来见你的。"

温意愕然地抬头看着小菊,小菊低下头,不敢直视温意。

小菊是知道宋云谦其实不好的,只是她怕温意担心,会影响伤势,所以隐瞒了下来。

镇远王妃听了也黯然神伤,她哀戚地道:"皇弟的大恩大德,我们真不知道如何为报,只求他能好起来,就算上天要夺去我的双腿,我也心甘情愿!"

镇远王爷搂住她,道:"如今说什么也于事无补,等皇弟改日情绪稳定之后,我们再去看他吧。洛衣有伤在身,我们也不要妨碍她休息了,回去吧。"

镇远王妃握住温意的手,谆谆叮嘱:"一定要多休息,不能折腾了。等你好了,咱们一同去看你的义子,王爷都跟我说了,如今你是安然的义母。洛衣,没有你,如今也没有我们母子了。"

看样子,镇远王妃还不知道安然的情况。果真,王妃说这话的时候,镇远王爷一直对着温意打眼色,温意会意,含笑道:"好,皇嫂也要好好养身子,如今怎么也算是月子中,秋意渐浓,还是不要四处走动。"

王妃婉然一笑:"好,我听你的。"

温意送走镇远王爷夫妇,便要去看宋云谦。

嬷嬷连忙按住她,道:"郡主,不是不让你去,只是王爷如今情绪不好,日前又命人来传话让你好好休息,你此刻前去,只怕他见到你伤没好全,又要生气了。"

温意哪里肯听,执意道:"你们若是不带我去,我就自己找!"

嬷嬷与小菊交换了一个无奈的眼神,道:"郡主若真想去,那老奴便领郡主去便是了。"说罢,她便上来为温意添衣。

忙活间,嬷嬷有意无意地道:"听说皇上今日要处斩上官御医,因为他治不好安然皇孙的病。"

温意抬眸看着嬷嬷,诧异地问道:"皇孙如今情况都稳定了,为什么要处斩御医?"

嬷嬷叹息一声:"郡主有所不知了,这个上官御医,是在郡主回宫之前就被打入天牢的,那时候皇孙情况不好,上官御医是主治大夫,却不能抑制皇孙的病情,皇上一怒之下,就把他打入天牢,听说今日处斩!"

嬷嬷也并非胡言乱语想骗温意，却是有意转移温意的注意力。听说王爷那边日日发脾气，已经赶走了好几个宫女，连侧妃也被赶出宫去了，王妃此刻前去，只怕也是要承受王爷的怒气。嬷嬷哪里舍得温意受委屈，劝她不得，也自然是要想办法阻止她去的。

皇上之所以要处斩上官御医，是因为有人从中作祟。太医院其实也是个钩心斗角的地方，有人想上位，自然要落井下石。

妇婴科的御医，统共有三位，一位是上官御医，一位是龙飞，而另外一位是陈培。

龙飞一直视上官御医为恩师，因为他入太医院的时候是跟上官御医的，陈培比龙飞早入宫几年，在龙飞入太医院之前，颇得院判的看重。后来龙飞表现出色，又得皇上赞赏，院判便对龙飞另眼相看。如今眼看是因着皇孙的病情惹恼了皇帝，陈培便想除去龙飞与上官御医，好自己独大，所以在皇上面前进言，说皇孙如今的情况会这么严重，是因为上官御医之前下药过重。

皇帝一怒之下，竟没有命人调查，便下了圣旨要处斩上官御医。行刑的时辰便是今日正午。

太医院里人人自危，敢为上官御医说话的人，便只有龙飞与蓝御医。两个人找到院判大人，让院判大人向皇上申诉，院判大人带着陈情书，去到御书房求见皇帝，皇帝不见，并且下了旨意，谁来求情，便视作同罪论诛！

院判大人没办法，只好拿着陈情书回去。

如此这般，上官御医是难逃一死了。

兔死狐悲，太医院里也弥漫了一层死亡的恐惧。这股恐惧裹挟着每一个人的心，谁也不知道下一个会不会是自己。

皇上若要赐死，本可以选择毒酒、白绫、剪刀、匕首，因为这样死，还能保留全尸。但是下令处斩，便是砍去头颅，身首分离，这本是对罪大恶极之人的刑罚。

谁都知道上官御医冤枉，但是冤枉又如何？这宫里每年被处死的，哪个嘴里不喊着"冤枉"？

温意没想太多，或是本着一颗"同僚"之间的惺惺相惜之情，总归下定决心要帮上官御医开罪。她先是去了太医院，调取了当日上官御医开的药方，从院判大人那里得到证实："药方无误"。一听到温意要为上官御医奔走，院判立刻把自己与龙飞御医写好的陈情书交给温意，让她上呈给皇上。

如今距离午时只有半个时辰了。

温意不知道皇上在哪儿,问了几个宫女,都说不知道,她领着嬷嬷和小菊着急地在宫中行走着,见人就打听,可时间一点点地流逝,温意等不及了。又转了一会儿,温意跺脚道:"不要找了,我们去午门!"

午门是皇宫的正门,百官上朝,首先要在午门等候。

温意疾步飞奔,早已经把嬷嬷与小菊甩在身后,她也不知道为什么,明明自己有脚伤,却丝毫也不觉得疼,仿佛她的痛觉神经已经被破坏了。

午门很大,此时已有几位大臣早早来到。温意掐不准时辰,也不知道现在到底过了午时三刻没有。

只是瞧见空地上并无血迹,心中稍安。

刚想着,便听闻身后传来一阵脚步声,她急忙回头看去,只见两名狱卒押着一名发髻凌乱、衣衫破损的中年男子出来,他双手双脚都上了铁链,几乎是被人半拖着走出来的;也没有穿鞋子,双脚血迹斑斑,这一路走来,想必都是这样被强拖过来的。

温意急忙上前拦下,问道:"上官御医?"

上官御医抬起黯然无神的眸子,瞧着温意,他见过温意一面,是在镇远王妃难产当日。他有些愕然:"王妃?"

狱卒不认得温意,但是听上官御医这样称呼,不由得侧目而视,恭谨而又严肃地问安:"见过王妃。"

秋日的阳光在头顶直射下来,午时即将到来。温意一路跑过来,额头上有细碎的汗珠,在日光下闪闪发亮,她急速地道:"他是无辜的,不能杀!"

狱卒皱着眉头,道:"王妃,卑职是奉了皇上的圣旨,要把犯人押往菜市口。"

"菜市口?不是在这里斩首吗?"温意一愣,"午门斩首",不是在"午门"斩首的吗?

狱卒好笑地道:"此乃午门,是庄严神圣的地方,怎么可能在这里斩杀罪犯?如今已经将近午时,午时三刻,必须要斩杀犯人,此乃皇上圣旨,请王妃莫要为难卑职!"

原来是午时三刻,温意心中暗自庆幸,幸好来这里截住了。但既然人在这里被她截下了,自然就不能轻易放走。

温意抬头看着狱卒,道:"人是冤枉的,我不能让你们带他走。"

狱卒为难地道:"是否冤枉,和卑职等无关,卑职只是奉命行事,王妃若是觉得他冤枉，可以去找皇上。"

温意道："我会去找父皇，求求你们，给我一点儿时间，暂缓行刑！"

狱卒摇摇头："除非是皇上的圣旨，否则，卑职不敢耽误行刑的时辰。"

温意急了，道："到底是一条人命，你们怎能如此狠心？"

狱卒抬头，正色道："王妃，逆旨行事，到时候死的就是卑职。"

上官御医抬头看着温意，语带感激地道："王妃肯为微臣奔走，相信微臣是清白的，微臣已经感激不尽，他们二人也是奉命行事，王妃不必为难他们，只求微臣死后，王妃能为微臣正名，莫要牵连了微臣一家，那么微臣即便是在九泉之下，也会感激王妃。"

温意摇摇头："不行，我不能眼睁睁看着你冤死。"温意见狱卒不肯让步，也有些急了，想起电视剧里的老套剧情，她猛地拔下自己的发簪，抵住自己的脖子，威胁道："你们若是敢带上官御医走，那我就死在这里，到时候，你们一样无法交差！"

她以前觉得这种自伤的法子很愚蠢，但是原来人在没有办法的情况下，是多么愚蠢的行为也做得出来的。

虽然愚蠢，但是有效果。

狱卒们愣住了，面面相觑。

有几名侍卫走过来，上前问清楚了状况，其中一个沉吟了一下，道："你们马上去禀报皇上，请旨过来。"

其中一名侍卫应声，旋身走了。

温意就这样在日头下僵持着，她不敢有一丝松懈，生怕侍卫过来夺走她的簪子。虽然没见过他们施展武功，但想也知道能在皇宫里当差，一个个都不是省油的灯。

温意维持着这个姿势，足足等了半个时辰，才见刚才去领旨的侍卫急匆匆地回来。

跟着他一同前来的，还有镇远王爷。

镇远王爷见到温意，便连忙喊道："洛衣，放下簪子！"

温意见到他，松了一口气，道："王爷，您来得正好，我看过上官御医给安然开的方子，药没有过重。"

镇远王爷瞧了上官御医一眼，道："但是，安然确实是因为服用了他开的药而加重了病情。"

温意解释道："就算没有服用他开的方子，安然的病也会日渐加重，他是先天疾病,幸好有上官御医的方子,才能保住性命。"上官御医开的方子,都是保守的退黄方子,适用于一般的黄疸,所以就方子而言,他是没有任何过错的。

镇远王爷闻言,沉吟了一下,有些为难地道:"但是,父皇亲下圣旨,金口一开,只怕覆水难收。"

温意见镇远王爷也是这样说,顿时急了,道:"王爷,到底是一条人命,将心比心,上官御医也有家人,他出事,家里人又得怎样着急难过?他若是罪有应得,我也就不管了,但是明知道他是无辜的,若还置之不理,那就是我变相害死了他,我下半辈子,只怕就要活在内疚中。王爷,温意不再多说了,请王爷三思。"

镇远王爷有些触动,说真的,旁人的生命于他而言,确实不重要。但是一句"将心比心",让镇远王爷心中一震。当然,若是之前这样跟镇远王爷说,他未必会放在心上,未必会感同身受。如今他经历了差点儿失去挚爱的打击,以及爱子生死未卜的情况下,温意的话,便说进了他的心坎内。

温意见他神色和缓,便又加了一句,道:"如今安然还没过危险期,实在不宜在这个时候徒增杀戮。"

镇远王爷一抬头,道:"好,本王跟你去见父皇!"

温意神色一松,落下心头大石,他若是愿意跟自己去求皇帝自然是更好的。她知道自己人微言轻,她说的话,皇帝未必会相信,尤其皇帝金口已开,要他收回成命,难于登天。但是有镇远王爷陪同做说客,那情况就大不一样了。

镇远王爷命侍卫先暂缓行刑,他领着温意去御书房找皇上。

镇远王爷在来到御书房之前,谨慎地对温意道:"这湘北水灾,湘南旱灾,让父皇甚为头痛,这几日他都在与大臣商议赈灾一事。听御前伺候的人来报,说父皇这几日心情不大好,你一会儿莫要说话,本王问你,你方回答。"

温意心内感激,抬眸道:"是,一切听王爷做主!"

镇远王爷微微颔首,叹息一声:"本王往日还真的错看了你,以为你……"镇远王爷终究没有说下去,只是神色有些释然,仿佛心生安慰。

温意眸光熠熠,虽不明白他说什么,但是也可以听出镇远王爷对她的人格没有怀疑。

来到御书房前,镇远王爷命人进去禀报,御前伺候的总管钟正从御书房里出来,轻声道:"今日灾区来报,说出现疫情,加上皇上已经知道你们拦下罪犯一事,如今正在震怒中,王爷谨慎说话。"

镇远王爷道:"谢公公提醒。"

钟正叹息一声:"灾区情况一日未稳,皇上的心都是焦躁不安的,王爷,若皇上态度强硬,还是莫要强求,自保为上。"

温意心中一震,蹙眉凝眸看着一脸为难的钟正,知道这一趟,并不乐观。

御书房的诸位大臣退了出来,内监宣镇远王爷与温意入内。

温意有些忐忑,心里一点儿底都没有,她虽不懂皇宫权术,但是也知道皇帝金口一开,是没有回转的余地的。只是让她眼睁睁地看着有人无辜冤死,她做不出来。

御书房很大,铺着绣着龙的明黄锦缎的御案后方,摆放着一张四平八稳的金漆龙椅,御案前,左右摆放着一排椅子,是大臣们入殿商议国事时的座位。用明黄锦缎覆盖,与暗青色刺绣万年青的垫子,两色相映,显得尊贵无比。

皇帝便安坐在龙椅之上,他眉头紧锁,两个人还没行礼,他便不悦地发话了,"你们胡闹什么?洛衣便罢了,她不懂规矩,连你也不懂吗?竟也跟着瞎闹!"

镇远王爷抱拳行礼,道:"父皇,请听儿臣一言!"

皇帝似乎是烦乱得要紧,蹙眉道:"你若是为他求情,便不说也罢,如今朝中正是多事之秋,赈灾事宜一直迟迟未能决议,你不帮衬着父皇分担国事,却在这些芝麻绿豆的小事上费尽心思,荒唐!"

镇远王爷是备下了很多话的,只是皇上这一句堵在前头了,连说都不许说,这接下来的话也不知道如何开口了。

但镇远王爷到底答应了温意,虽然不知道她跟上官御医有什么关系,在他认为,若无关系,又岂会如此拼命营救他?妻儿的救命恩人,既然答应了帮忙,哪怕明知道帮不上,也是要尽力的。他沉吟一下,道:"父皇教训得是,只是儿臣以为,上官御医一直以来尽心竭力,不曾有半点儿行差踏错……"

皇上不待他说完,便微愠地打断了他:"此话休要再提,他是不是该死的,朕心中有数。"

温意听到这句话,心里顿时凉了半截,想来皇上自己也知道上官御医罪不至死,但是圣旨已下,便不愿朝令夕改。

温意知道不能硬碰了,皇帝有时候是世上最不讲道理的人。她若是硬碰,便是挑战皇权,皇帝的权威岂容她挑战?后果不堪设想。

若不能硬碰,唯一的办法便是为他排忧解难。

温意想起方才钟正说的话,略一沉思,便跪下来诚恳地道:"父皇,儿臣不是为

了上官御医求情而来，只是觉得他错已犯下，若就这样砍了，帮不了皇孙，更没任何作用，父皇何不让他戴罪立功，前去灾区控制疫症？一来，上官御医的医术能够帮到灾区的百姓；二来，也可以彰显朝廷的关怀和父皇爱民如子的仁爱之心。"

皇帝听到这里，和缓了脸色，但是仍然用颇为严厉的口吻道："洛衣，朝政之事，你一个妇道人家不该干涉。"温意刚想回应，便听到皇上接着说道："不过你说的也有些道理，只是，上官立拿手的乃是妇婴病症，对疫症未必在行。"

温意见皇帝脸色好转，又肯听她说话，心中一松，遂大胆地道："父皇，儿臣认为可用上官御医的名号，呼吁民间的大夫，一同前往灾区。如今灾区的百姓，先是遭遇了天灾，如今又受疫症困扰，民心绝望，若得朝廷下旨赈灾救援，自然是好。但赈灾是拨款拨粮，而救援，除了救百姓的身体，更要救百姓的心。百姓在受灾之时，内心最是脆弱，不管父皇派去的人能不能帮到忙，都能够先暖民心。而灾区受全国乃至其他国家的关注，国君能够体恤民心若此，定受四方敬服，对父皇的名望，亦是大有裨益。"

皇上的脸色越发柔和，最后竟拍案而起，大喜道："好！见解有道！洛衣，想不到你一个深闺女子，竟也有此见识，侯爷果真是教女有方。"

温意放下心来，笑语晏晏地道："父皇过奖了，儿臣只是觉得，与其在天灾之时杀一个人，还不如把此人收为己用，为父皇效力。再者，那上官御医本是必死之人，如今父皇大恩赦免，他捡回一条命，自当对父皇感激涕零，为父皇效力也更为尽力，对外也会歌颂父皇的恩德，这比起杀了他，更有作用。"

"嗯，洛衣言之有理。"皇帝喜悦地一伸手，敲了敲桌子，喊道："钟正何在？"

钟正立刻推门进来，躬身道："奴才在。"

"为朕拟旨，赦免上官立的死罪，命他即日启程，前往灾区，配合当地的大夫救治百姓。"皇帝道。

"是。"钟正对着镇远王爷，露出微微一笑，移步到御前，开始磨墨。

旨意颁下，温意与镇远王爷正想告退，皇帝伸手招呼温意："洛衣，来朕身边。"

温意一愣，与镇远王爷交换了一个眼神，镇远王爷微微颔首，温意定一定神，来到御前等候。

皇帝竟从小山般高的奏章里抽出一份，递给她："你瞧瞧，给朕些意见。"

温意有些惶恐,她知道后宫女子不得干政,她若看了,外面指不定有什么流言蜚语,况且,此刻也不知皇上何意,恐怕是什么猜不透的试探。

温意后退一步,微微垂头,道:"儿臣不敢。"

皇帝心情似乎大好,道:"朕让你看,无妨。"

温意只得双手接过奏章,翻阅了一下,厚厚的一沓奏章,她用了片刻就看完了。

皇帝见她合起奏章,以为她看不懂,有些懊恼地道:"朕一时忘记了,这些晦涩难懂的字眼,你一个深闺女子,如何懂得,钟正,你为王妃解说一番。"

温意微微笑道:"父皇,儿臣看得懂,也都看完了。"

皇帝惊诧地看着她:"看完了?这奏章共分三部分,你都看完了?"

温意道:"都看完了,第一部分,是这一次灾难的成因,因河道堵塞,加上连日大雨,雨水排不出去,再加上龙江河道淤塞,去水缓慢,所以只连续下了五天六夜的大雨,便酿成这罕见的灾难。第二部分,则是受灾百姓目前的境况,在这一次水灾中,受灾面积牵连三个县,倒塌的房屋三万七千五百余间,因灾害死亡共一万三千六百七十五人,因灾受伤近七万余人。第三部分,则是疫症的情况,如今疫症刚发生,数据不准确,所以奏章没有言明。"

皇帝略带惊讶地看着她,久久没有说话,最后,他伸手指着镇远王爷,道:"云罡,你看看。"

镇远王爷领命,接过来看。

同样是这份奏章,镇远王爷竟然用了一刻钟才看完。

皇帝问道:"灾区死亡几个人?"

镇远王爷一愣,连忙翻开奏章翻查。

皇帝又问:"灾区倒塌房屋多少家?"

镇远王爷这边还没找到,又听得皇上再问,不由得翻得更快。

最后,他才用蚊蝇般的声音念出奏章上的文字。

皇帝摇摇头:"你以为呢?"

这句话,没头没尾,镇远王爷不知道皇帝所指为何,不由得惶恐地跪地道:"儿臣有罪!"

皇帝又严肃地问:"你有何罪?"

镇远王爷面容尴尬,抬眸看了看温意,支支吾吾地道:"儿臣……儿臣……"支吾半晌,竟是一句话也说不出来。

皇帝又看着温意："你觉得他犯了什么错？"

温意也有些疑惑，她摇摇头："儿臣觉得王爷没有错。若父皇是指记忆力，儿臣的记忆力自小过人，只是各人都有特长，正如李白所言，天生我材必有用，王爷乃是领兵打仗的良将，运筹帷幄，决胜千里，让儿臣心生敬服。父皇您更是君临天下，爱民如子，高居庙堂之上，心念天下百姓，所施行的种种国策，皆是以民为本。百姓有事，父皇寝食难安，恨不得代民受罪，这种仁心仁德，儿臣也是望尘莫及。只是，儿臣并没有妄自菲薄，儿臣也恪守本分，做好自己，便是对父皇母后、爹爹娘亲最好的交代。"

温意说完这番话，也觉得有些起鸡皮疙瘩，不知道从什么时候开始，她变成了马屁精。只是这话，对高位之人是十分受用的。

皇帝微微一笑，对温意再度刮目相看，他不无赞赏地道："好，你果然让朕欣喜。"说完，他对镇远王爷道："起来吧，正如洛衣所言，你没有任何过错，相反，你于家于国有功。"

镇远王爷舒了一口气，感激地看了温意一眼。

皇帝再看着温意，道："你也看过奏章了，对于赈灾一事，有何意见？"

温意也不矫情了，道："父皇，赈灾一事不必商议。尽力尽心，做到灾区人民即是自己的家人便好。只是，这一次灾祸已经发生了，就要杜绝这种情况再次发生。父皇能否把旱灾地区的地图以及资料给儿臣瞧瞧？"

皇帝微微点头："说得甚好，这几日朕与诸位大臣在商议赈灾粮款，但是都无法达成共识，甚是头痛。你这么一说，朕心中有数了，与其计算着国库的银子，还不如解囊救灾。如今边疆无战事，银子不如取之于民，用之于民。"

皇上随手把旱灾的奏章递给温意，又命钟正送来地图。

温意瞧了许久，旱灾的面积也很大，只是让温意不解的是，旱灾地区周边都有江河，按理说，只要疏通江道，便能引水灌溉，不至于会连年旱灾的。

她沉吟良久，道："父皇，儿臣能否同工部大臣谈一谈？"

皇帝一愣，有些疑惑地瞧着她："工部尚书，就是云谦啊。"

温意一愣，他就是工部尚书？怎么没人跟她提过？而且杨洛衣的记忆里也完全没有这件事情，总不会是杨洛衣也不知道吧？

镇远王爷缓缓地道:"之前皇弟与洛衣的关系一直不好,加上他刚上任,大概是没有跟洛衣提过此事。"

皇室之人兼任官职,在历朝历代都是常见的事情。但是工部尚书,却是十分重要的职位,若没真本事,就算是皇子,也无法胜任。看来,宋云谦也确实是个有点儿能耐的人。

温意知道镇远王爷在为自己解围,遂惶恐地低头,黯然解释道:"回父皇,是儿臣不好,因着王爷娶了侧妃的事情,一直快快不快,甚至不愿意跟王爷说话,大概因为这样,王爷没有跟儿臣说过此事。"

温意这样承认自己吃醋,皇帝自然是相信的,此刻只叹息一声:"你们夫妻的事情,朕不多过问,只是洛衣,自古至今,民间的男子尚可三妻四妾,莫说他是王爷,又兼任工部尚书一职,这外边多少双眼睛盯着他,你做王妃的,要多体贴谅解才是。"

温意垂头,乖巧地道:"儿臣知道了。"

皇帝"嗯"了一声,道:"好!"转头对钟正道:"宣工部侍郎。"

温意心牵宋云谦,便想借此机会去看他,便道:"父皇,儿臣想跟王爷商量一下,不如请杨大人一同去昭阳殿。"

皇帝蹙眉:"这……"

"皇上,儿臣知道王爷情绪不好,但是儿臣更知道,王爷是一个公私分明的人,他不会因为自身的情绪影响到朝廷大事。"说罢,温意又轻声道,"儿臣也想趁这个机会,让王爷有机会大展拳脚。"

皇帝没有掩饰心底的欢喜:"洛衣,你总是让朕意外。"

温意却难过了起来,掩住泪痕,低头道:"儿臣告退。"

镇远王爷与温意一同退出去,工部侍郎杨大人跟着一同前往昭阳殿,与宋云谦议事。

刚走到宋云谦暂住的殿外,便听到里面传来"噼噼啪啪"的声音,伴随着宋云谦的怒吼响起。温意心里一酸,那日见他,他还显得很淡然,仿佛一点儿都没把腿伤放在心上。现在想来,他大概也伪装得很辛苦吧?

温意转身,对镇远王爷道:"两位请在此稍候,我进去看看。"

镇远王爷点了点头,神色有些伤感,道:"他现在脾气很不好,你多担待着。"

温意微微点头,心里难过得几乎说不出话来。她是医生,见惯伤病,但宋云谦却是因为救她才落得如此下场，若他下半辈子都站不起来，她真的会内疚死的。

温意轻轻推门，宫女太监见她来了，竟都不约而同地松了一口气，屈膝行礼："参见宁安王妃！"

宋云谦没有转身，他快速弄好自己的衣裳，略带怒气地道："你来干什么？谁准许你下床了？"

温意示意宫人出去，宫人福福身子，悉数退下。

温意走到他身后，见室内光线暗淡，她撩起窗纱，用镏金黄色长流苏钩子钩起，屋内顿时就明亮了起来。

她凝眸看着宋云谦，他脸上胡楂微青，双眼布满血丝，眼底瘀黑，神色憔悴，乍一看去，竟像老了几岁。

温意心中颤动，只是脸色不改，她含着一抹浅淡的笑意，伸伸手转了一个圈："你之前不是跟我比赛，看我们谁先好吗？我赢了！"

宋云谦有些暴躁地看着她，冷笑道："你好了，本王却还像个废人一样坐在这里，兴许还要坐一辈子。"

温意走近他，弯膝蹲下，手搭在他的手背上，眼含着一抹湿意，乌黑的眸子静静地对着他："我可以喊你的名字吗？"

他想冷笑，但是嘴角的弧度却凝滞了，果然心里是有些触动的，此刻定定地瞧着她："随你！"到底，还是无法拒绝那样的眸光。

温意软声问道："云谦，你相信我吗？"

他不语，依旧定定地瞧着她，血红色的眼睛里闪过一丝软弱和悲伤。

温意道："你若是相信我，那么给我也给自己一点儿信心，你一定会好起来，像从前一样，活蹦乱跳。"

宋云谦甩开她的手，冷然道："你不要给本王太多希望，本王刚接受了这个事实。"

温意摇摇头，固执地弯起一抹淡笑道："你听过蒙古吗？那里有一大片草原，绿油油的，一望无际，与天边相接，好美，美得让人窒息。我一直都很想骑马到草原上去，策马奔腾，追逐少年郎，届时，你与我一同前去，我追逐少年，你追牧羊女，可好？"

温意的声音含着软软的柔情，像是有魔力一般，让宋云谦瞬间失神，随即，他凝眸看她，缓缓地道："你已经嫁作人妇，还想追什么少年郎？"

温意顽皮一笑："但是，这是我毕生所愿。"

宋云谦想了一下："那么，本王扮作少年，你追本王！"

温意却认真地道："我不愿意扮作牧羊女。"

宋云谦笑了，眸子里有美好的渴望："那没办法了，你不扮作牧羊女，本王只好去追逐其他的牧羊女。"

温意站起来，叉腰凶巴巴地道："那你仔细你的耳朵，我不扭断你耳朵才怪。"

这话一出，温意顿时有些尴尬起来，她这样说，岂不是告诉他，其实她心中已经开始对他动情，甚至，渐渐爱上了他？只是，她自己也摸不清自己的心意。

宋云谦也有些触动，抬眸看她，脸上有复杂的神情，她如此娇憨的模样，真真叫他心生怜爱，他甚至想，如果自己不是双脚无法行走，会站起来狠狠地把她抱入怀中。

他伸手拉温意，道："你当真好了吗？"

温意垂首，轻声道："都好了。"自然是有些心虚的，因为腿上的伤口还在发炎，只是她感觉不到痛，便当作全好了吧。

"嗯！"他便牵着她的手，也不知道说什么了。

方才温意的一句话，让两个人都陷入了尴尬中。宋云谦本来十分抗拒对温意亲近，但是如今，却恨不得她一直留在他身边才好。

温意想起镇远王爷与杨大人还在外面等着，只是她也不知道如何进入正题与宋云谦提起此事，便搬来一张椅子，故作苦恼地道："这一次，父皇给了我一个很大很大的难题。"

宋云谦一愣，迅速抬头看着她："父皇因为本王的事情责怪于你？他如何为难你？"

温意连忙安慰道："皇上没有责怪我。"她把上官御医的事情说了一遍，才说出皇上让她看奏章的事情。

宋云谦疑惑地道："父皇怎么会让你看奏章？"女子不能干政这是约定俗成的规矩，后宫女子也好，外臣女子也好，皆不能过问政事。还有，她怎会这么大胆竟然连皇上处死一个御医也要过问。

只是惊诧之余，不由得暗暗佩服她的胆识，须知道，父皇一向严厉，他们这些做儿子的，在他面前，连多说一句都不敢，莫说为人辩驳了。

温意道："我也不知道为何，总之父皇让我看了，问我的想法，我自然是不懂的，只是也不想在父皇面前显得太过无知，便来求助你了。"

说着，她摇了摇他的手臂，可怜兮兮地道："你会帮我的吧？"

宋云谦没好气地道："你啊，以后可不要随便过问政事了。"

温意笑着保证："没有下次了。"她站起来，"我让镇远王爷与杨大人进来，咱们一同商谈。"

"等一下！"宋云谦喊住她。

温意转身："还有什么事？"

宋云谦道："你为本王梳洗一下，换身衣裳！"

温意脸色一窘："梳洗可以，只是换衣裳，是否应该叫太监帮你？"

宋云谦瞧了她一眼，淡淡地道："本王自己来。"

温意随即为他搭配好衣裳，宋云谦又开口道："你去取热水来。"

温意"哦"了一声，缓缓转身，拉开门叫人打水。

她有些尴尬地瞧了瞧镇远王爷与杨大人，两个人大概也听到两个人说话，此刻都移开视线，故作见不到。

温意清清嗓子，道："两位请稍等，马上就好。"

镇远王爷"嗯"了一声："没事，本王与杨大人在偏殿等候，三弟换好衣裳命人去通知我们就好。"

温意点了点头，赶忙进去屋内。

隔着一道屏风，温意计算着时间，宋云谦梳洗过后，慢悠悠地开口："本王洗好了。"

温意赶忙走进内室，匆忙道："好了，我们赶紧过去吧，别让人家久等了。"

宋云谦淡淡地道："本王反正已经是个残废的人了，他们能等就等，不能等就自个商议。"

温意眼圈一红，抬眸看他："我不喜欢听你说这般自暴自弃的话。"

看到她这样的表情，宋云谦完全弃械投降，装作不耐烦地道："行了，啰唆死了！"

"嫌我啰唆我闭嘴便是。"温意愤愤地道，"谁让你也总说些我不爱听的话，你不说我便不啰唆了。"

宋云谦转开脸不看她，心里却因她的恼怒而甜滋滋的。心知她是因为紧张他才会这样说话，不知道为什么，之前对她的厌恶，如今已经完全没有了，取而代之的是一份全新的情愫,一份心跳加速的悸动。

只是,宋云谦心里也并非是全然欣喜的,若他还是昔日的他,他一定丝毫不会犹豫,会用尽全力去争取她。但是如今,他已经是个废人了,还有什么资格要她因为愧疚而留在他身边?虽然她名誉上是他的王妃,但是,他知道在去天狼山之前,她已经对他死了心,再没有了以前的依恋。她如今会这样对他,是因为他是为了救她而受伤的,心存内疚,所以继续强迫自己喜欢他。

所以,在宫人抬着他去偏殿的时候,他凝望着温意姣好的背影,心里却是沉重而伤感的。

宋云谦虽然是工部尚书,但是他任职的时间不久,对工部的事情还没完全上手,所以基本上为温意讲解河道的是杨大人。宋云谦时而给点儿意见,亦是十分中肯的。

温意虽不是河道专家,但是因着爱看书,这方面的知识也有所涉猎,对治水以及河道建设有基本的了解,这种了解并非肤浅的,而是综合了她看过的专家论文得出的认知与概念,这样便能够有清晰的思路,她略加提点,宋云谦便顺着她的思路说了各种建议。

这些建议都有亮点,杨大人甚为喜悦地道:"王爷,不如卑职回去连夜赶一份奏章,明日递交给皇上,让皇上过目是否可取。"

宋云谦微微颔首:"你回去先拟好,明日送来与本王过目,若有不适合的地方,本王再与你商讨。"

杨大人心满意足地走了,镇远王爷不谙此道,所以并未表达意见,只是见宋云谦恢复往日的意气风发,心中总算落下了一块大石头。

温意送他离开之时,他悄声问温意:"那上官御医,与你是什么关系?"

温意有些愕然:"关系?我与上官御医不相识。"

镇远王爷诧异了:"素不相识,你怎会为他出头?"

"人命关天啊,相识与否并不重要。"温意淡然一笑,"他是冤枉的,你知我知,皇上也知,既然是大家都明知道的事情,总要有个人出来开口,否则,那刽子手的刀一落,就是一条人命啊。"

"人命",在温意心中看得很重很重。天下间,还有什么比人命更重要?

镇远王爷真心拜服了,赞赏道:"相比洛衣你,本王真的很惭愧。"

温意笑笑:"王爷,物伤其类,连动物都尚且如此,何况人类?"说罢,她笑盈盈地回去了。

宋云谦还在偏殿里画着图，经过温意的提点，他觉得南水北调也不是不可能实现的，虽然工程浩大，但是能够一劳永逸，杜绝后患。

温意没有打扰他，取出随身携带的《金针术》来看。

初阳殿那边的人过来传话，说皇孙最近情况稳定，因着连续几日晒太阳，又喝了御医开的退黄方子，黄已经有所退减了。

然而过了两日，又来人传话说皇孙依旧吐奶和哭闹，甚至高烧不退，有抽搐的现象。温意去看过，但是到底不敢施针，也不敢手术，十分纠结。而镇远王妃也终于知道了安然的情况，跑去安然的床前哭得昏倒，劝也劝不住。

镇远王妃求温意，把所有的希望都寄托在温意身上，温意这一次没有像上一次那般冲动，要说上一次，温意真的很冒险。没有麻醉药，没有消毒的手术工具，基本措施什么都没有，就这样开刀生子，若有感染，王妃也是在劫难逃的。

上一次，是明知道难产，加上她确实也觉得开刀生子是一个简单的手术，撇除医疗措施的落后，她做这个手术还是没有问题的。但是安然皇孙的情况不一样，第一，她没有确诊皇孙的黄疸病因。第二，她对金针术还没有完全掌握，或者可以说她不知道《金针术》里记载的是否有根据。

因此，温意不敢在王妃面前承诺些什么。

诸葛明也去看过皇孙，诸葛明乃是神医，他说了一句话，让镇远王爷夫妇彻底绝望，他道："胎里带来的毛病，没有办法。"

容妃伤心过度，一时没了理智，竟怪罪于温意，说温意这几日只顾着宋云谦，并没有来照顾过安然，还说她那日当着太后的面说有法子，最终却让所有人失望了。容妃当着皇后的面对温意破口大骂，气得皇后一时心痛症发作，急召了御医，最终惊动了皇上，皇上怒斥了容妃，容妃这才消停。

宋云谦从小菊处得知温意被容妃痛骂，气得想找容妃理论，皇后劝住了他，并且让他把此事忘记，莫要因为此事与镇远王爷起争端，伤了兄弟感情。再者，容妃到底是帝妃，他见到容妃也得称呼一声"容母妃"，长者为尊，他若是因为温意去找容妃，皇上纵然嘴上不会说什么，但是心底难免会有想法。

宋云谦听了皇后的劝，但是到底有气难平，也心疼温意，所以温意来看他的时候，特意拉着她在回廊底下看桂花，跟她一起回忆天狼山上的种种危险，好让她觉得那时候这么艰险都过来了，被人骂几句算得了什么？

温意自然知道他的心意，其实她心里难过的不是被容妃骂，被骂已经习惯了，做

医生的总会被病人家属痛骂,因此并没有放在心上。她难过的是只能眼睁睁地看着安然离去,没有办法。

这日,从黄昏开始,天空便积压着一层厚厚的积云,灰蒙蒙地遮蔽了落日。

到了酉时三刻,竟开始下起了零星小雨。用过晚膳之后,雨势越来越大,秋日里很少惊雷,只是这夜,雷鸣电闪、倾盆大雨,仿若盛夏。

初阳殿里,一片愁云惨淡。

安然皇孙已经陷入昏迷,从昨日开始,便一直高热不退,御医们束手无策,只得眼睁睁看着安然皇孙痛苦地挣扎在生与死的边缘。

镇远王爷和王妃伤心若狂,抱着安然哭得死去活来。后见安然在昏迷中抽搐,她竟不顾自己身体虚弱,跑出去花树疏落的庭院里淋雨祈求上苍的怜悯,如何也劝不住。镇远王爷只得抱着她,用身体为她遮风挡雨,夫妻二人如此伤心欲绝,叫人瞧见了也禁不住眼圈濡湿,心中伤感难受。

容妃倒显得比之前冷静了,她命所有的宫人都退下,留着她一个人在殿内陪着皇孙。太后与皇后早先来看过安然,知道安然不行了,太后心绞痛发作,被送回了寿安殿,皇帝与皇后也在她跟前伺候安慰着,只怕她再出点儿什么事。

龙飞与蓝御医在初阳殿门外的回廊下候着,神情肃穆。他们二人都知道,安然皇孙一死,等待他们的,或是获罪入狱,或是下令处死。历代历朝,皆是如此,皇室中人,身份高贵。不管是因为什么原因去了,总是要杀人陪葬,而这一次,皇孙的病情至死未明,皇上震怒,如何会手软?

两个人在得知皇孙病情恶化之时,便已经与家人告别了。

"龙兄……"蓝御医显得有些心神不定,眸光里始终含着一抹渴求,一抹对生的渴求,他只是叫了龙飞一声,却不知道可以说些什么。

龙飞知道他心中惶恐害怕,自己何尝不是?他神情复杂,幽幽地叹了一口气:"我错信了宁安王妃!"

他孤注一掷,押在温意身上,以为温意会有办法治好皇孙,其实,若非之前温意给了希望,说安然皇孙的病或有办法可治,那么容妃娘娘也不至于会这般震怒。

蓝御医在镇远王妃生产那日,一直在场,他见证了温意的医术。如今听龙飞这样说,心中也不大赞同,只是心内苦涩伤感,却也只是喃喃地为温意辩驳了一句:"做大夫的,总是怀着最好的愿望,却忘记了人生本是无常的,生老病死,乃是等闲!"

雨声扑打着梧桐树,嗖嗖的冷风席卷着几分寒意扑面而来,两位御医皆不言语,

静静地等待着属于他们的命运。

安然皇孙已经彻底安静了下来，没有抽搐，没有痛苦，呼吸微弱，奄奄一息，容妃一直握住他稚嫩的小手，心内所有的筹谋落空，竟有种说不出的执狂与痛恨。

在昭阳殿的温意，合上《金针术》，听着小菊的禀报，心中难过莫名。

最后，她面容一沉，拉开裙子挽起裤管，看着自己脚上的伤口，伸手按压下去，竟感觉不到丝毫疼痛。她心中萌生出一股凛然，大不了，赔上一条性命，反正这梦境终究是要醒来的。

温意拿着针包，在小菊愕然的目光注视下飞奔而出。

她一路跑得飞快，因着外面的雨势很大，风灯显得十分暗淡，几乎瞧不清道路，而去初阳殿的路还有很远，她摔了几跤，也早已全身湿透。

到了初阳殿门口，温意因着脚步急乱，重重地磕在了云石门槛上。

镇远王爷夫妇正倒在庭院中哭泣，而温意就这样不顾宫人的阻拦径直往安然的寝室闯去。镇远王爷迅捷地起身企图阻拦，但温意脚步快得很，截下她之时，她已经站在了内殿里。

容妃乍见温意也吓了一跳，等看清了她，不禁森冷道："你这副模样前来是为何？安然都快要走了，你就不能让他安安静静地走吗？"

温意没作声，心跳极快，不知道是因为一路狂奔而来，还是因为有生命即将在她面前消逝，总之，她的心无论如何也安定不下来。她凝望着安然，安然维持着微弱的气息，似乎就是等待她的到来。

温意取出针包，对容妃与镇远王爷道："顶多，也就是赔上我的一条命。"

而此刻的小菊委实慌乱无措，只得提着胆子去禀报了宋云谦。

宋云谦问起小菊她跑出去之前说了什么，小菊如实相告，说她问了安然的情况。

宋云谦沉默半晌，毅然道："命人送本王到初阳殿！"

宋云谦来到初阳殿的时候，殿外一片寂静。十几名宫人在回廊里候着，每个人都神色凝重。他心中一沉，指挥侍卫们急忙抬着他进入内殿，只是，还没走上石级，便见大门"咿呀"一声开了，偌大的雨势形成一道暗淡的帘子，他凝眸看去，见温意神色木然地走出来，脚步虚浮，脸上有血，她抬头看他，伸出手，仿佛想让人扶着她，只是，她身体一软，悄然滑落在廊前。

宋云谦见温意脸上有血，以为是遭了刑，急怒攻心，一口鲜血喷涌而出，吓得侍卫乱了手脚。

而容妃见温意昏倒了，冲着廊前的宫人与御医喊道："快，扶宁安王妃入殿。"容妃抬头看到宋云谦也在殿外，并且吐了血，神色大不好，急道："还愣着干什么？快把王爷一同送进去！"

下人们一阵手忙脚乱过后，把这对同命鸳鸯送入殿内，两名御医为他们诊治。

宋云谦只是急怒攻心，此刻自行运气调息了一下，也就无碍了。

只是温意的状况就没那么简单了，她脚上的伤口发炎，全身高热不退，御医几针下去，却仍不见醒，急坏了一宫的人。

宋云谦听镇远王爷讲述，才知道温意救了安然。如今安然的呼吸逐渐平缓，已经醒了过来，奶娘进来喂奶，安然终于有了食欲，涨红着小脸拼命吮吸，也没有呕吐。

安然的康复，在初阳殿内如同初升的太阳，照耀着每一个人的心，这雨夜的寒意，似乎也被驱散了，殿内都是温暖而融洽的气氛。

容妃指挥宫人去寿安殿报喜，太后闻言，当时就好多了，挣扎着要过来看安然，被皇帝劝阻，可太后哪里肯就这么歇着，执意要过去，皇上、皇后只得陪同前去。

太后来到初阳殿的时候，温意还没被送走，躺在偏殿的房间内，昏迷不醒。

太后看过安然，又问了情况，便急着要去看温意。看到温意惨白的脸，再看到她额头的伤口，太后极为心疼，吩咐龙飞与蓝御医："不管用什么法子，必须给哀家治好宁安王妃！"

龙飞与蓝御医跪在地上领命，经过这一劫，他们两个人对温意是心悦诚服加真心感激，所以不管太后有没有懿旨，他们都会尽力而为。

宋云谦一直守在温意身侧，他脸色也不好，太后得知他刚吐血，命他回去休息，只是宋云谦却执意要留在温意身边陪着她。

皇后心生欢喜，悄声对太后道："也好，他们夫妻两个人自从成亲至今，一直疏淡冷落，难得这般动情，母后，您就让他留在这里吧。"

太后"嗯"了一声，眸光瞧着温意，怜悯地道："这孩子，也遭太多难了，她若是好起来……"她转眼看着皇帝，道："皇帝，你好好想想，如何封赏你的儿媳妇！"

皇上天家的气度在此显露无遗，他含笑道："哪怕是她要天上的星星，朕也得给她想法子，母后，您就安心吧，亏待不了您的孙媳妇。"

太后含着一缕笑意，眼角的鱼尾纹散开，如同金鱼的尾巴一样弧度温润，她微微颔首："真好，哀家这心里，说不出地欢喜。"

奶娘抱着安然皇孙躬身站到太后跟前,亦是含着泪道:"奴婢还要给太后娘娘报喜呢,皇孙自落地那日起,还没像今晚这样,吃过这么多的奶水,看来用不了多久,皇孙定然能长成一个大胖小子!"

太后自然欢喜:"好,大胖小子好!钟正,传令下去,初阳殿内每一个宫人,赏银二两!"

镇远王妃此刻也终于舒展眉头,对太后道:"皇祖母,过胖可是不好的,仔细他日后入宫借着看您的由头,吃光您宫里的吃食!"

众人哄笑,太后却更是欢喜,连声道:"他爱吃什么,哀家就给他吃什么,哪里吃得光?吃光了才好,健康的人才能吃,他喝不下奶的那几日,哀家这心里都揪起来,难过得很啊!"

众人闻言,想起早先几日的情形,亦是暗自叹息,又暗自庆幸。再瞧温意的时候,便更多了几分怜惜与感激。

容妃跪在太后跟前,惭愧地道:"臣妾有罪!"

太后难得欢喜,见她又是这副模样,不禁有气,蹙眉道:"好端端的,你跪什么?有什么罪?哀家此刻可不愿意听什么不好的事情!"

容妃垂泪,道:"昨日,臣妾因伤心过度,竟对洛衣口出恶言,痛骂了她一顿,难得的是她不计前嫌,在安然临危之时,出手相救,若没有她,安然今夜大概……"

容妃痛骂温意之事,皇帝与皇后皆是晓得的。只是瞒着太后,没有告知。

太后听到容妃的话,连连顿足,指责道:"哀家说你什么好呢?纵然是急怒攻心,如何就能骂你儿媳妇与孙子的救命恩人?安然的病,并非是洛衣造成,相反,洛衣一直尽心尽力地救治他,如何用心,哀家看在眼里都感动,你岂能如此蛮横无理?若是换作旁人,被你如此痛骂,大概就是有法子救安然,亦会袖手旁观。哀家瞧你往日机敏仁爱,怎会做出此等糊涂事来?你跟哀家请罪无用,等洛衣醒后,你亲自给她道歉,好让她心里没有芥蒂,她是安然的义母,与你,与云罡和叶儿,都是关系密切的人。因着今日欢喜,哀家便不惩罚你,只是,你得哄好哀家的孙媳妇,否则哀家可不饶你。"

容妃连连称是,转眸看向温意,皆是内疚之色。

宋云谦听了容妃的话,神色才算和缓了一些,他本是要给温意讨个公道的,免得她白白受辱,如今见容妃自行在太后跟前请罪,心里也就平和了许多。

只是,他心里忽然就喷怒起来,瞧着温意,狠狠地腹诽:若你醒来,本王定不会轻易饶了你。让你养好伤,你每日装作无恙东奔西跑,一点儿都不爱惜自己的身体。

第二日,温意被送回昭阳殿,不久便悠悠转醒了。

首先映入眼帘的,是宋云谦担心而微愠的眸子,她怔愣了一下,脑子才想起昨夜之事,她下意识地摸摸自己的额头,有些懊恼地道:"这大概是要落下疤痕了!"

宋云谦见她醒来,才放下心来,又听她说这话,不由得冷冷地道:"落下疤痕算什么,死了才好。"

温意自知有愧,便软了口气哄道:"你生气的样子,可真不好看。"

"你不听话的样子,可真叫人动气,本王警告你,这一次你的伤口没痊愈之前,休想下地半步。"宋云谦恶狠狠地盯着温意道。

温意轻呼:"霸权!"

"敢下床,看本王不打断你的狗腿!"

"我是人,不是狗!"她理亏地小声辩驳。

宋云谦淡淡地扫了她一眼:"你就跟母后的小狐一样,姐妹两个都是一样,让人不省心。"

温意翻翻白眼,小狐?

小菊在一旁"噗"的一声笑出来,见温意投来哀怨的眸光,立刻安慰道:"郡主,无妨的,小狐可爱极了!"

宋云谦瞧了小菊一眼,道:"那刚出生的小猪崽也十分可爱,你们家郡主,是这种可爱吗?"

小菊涨红着脸不敢笑,说真的,如今瞧郡主的模样,还真有几分像刚出生的小猪崽,狼狈中透着白嫩。

温意索性用被子蒙头,闷闷地道:"尽管取笑,谁还没个被人笑的时候?"

宫内到底是规矩多,养伤不方便。宋云谦提出回府,皇后见他心意已决,便命人送了他们出宫。本来皇后还让御医跟着,只是因着王府已经有一名御医了,加上诸葛明也回来了,皇后就不劳师动众了。

杨洛凡早就被宋云谦一气之下赶出了宫,她自然是伤心的,但是也知道宋云谦情绪不好,除了伤心之外,更多了焦虑。宫内一早便命人来传话,说王爷和王妃会回府,她早早便命人准备好了,自己则领着一群丫头在府门等候。

见王府的马车渐渐驶进路口,她便熟练地指挥底下的人,搬出一张花梨木太师椅,上面垫了金黄色的软垫,靠背用同一色系的织锦包围,远远看去,只觉得华贵不凡。

只是，这张椅子落在宋云谦眼里，却是十分烦心。椅子布置得如此精致，如此精心，费尽了她的心思，仿佛他以后就要坐在这椅子上过活一般。

不快的情绪很快就漫到脸上，杨洛凡却不自知，以为他在跟温意怄气，扶着他坐在椅子上，轻声道："回来就好！"温意却把他这抹不快的神色看在眼里，在医院，她见过很多因为意外或者疾病失去双腿的人，他们的心理其实很脆弱，一点点小事，都能够触动他们的神经。知他难受，只是因着这么多人在，她也不好安慰。

温意想自己下地，宋云谦眉梢一抬，淡淡地道："你的脚一碰到地面，本王就打断你的狗腿！"

这话，单独说说也就罢了，她本就不是爱计较的人。但是如今府门前这么多丫头小厮看着，她再不爱惜面子也不禁红了脸，讪讪地道："秋风渐大，王爷说这么多话，也不怕闪了舌头？"说完，又觉得这么多人在场，这般顶撞他，确实有些不妥，如今他是个残疾人，若再让外人以为她因为他残疾便心生厌恶，肆意顶撞，他心里会更不好受。只是话说出口已经收不回来了，她只得惭愧地低头，任凭一个壮实的仆妇背着她下地。

其实温意这句话说得极轻，除了宋云谦与站在他身边的杨洛凡听到之外，旁人并未听得真切。她担忧是有些多余的，只是怀着这种情绪，她一直回到房间里，还觉得不安，寻思着要跟他道歉。

刚安顿下来，宫里各宫的赏赐也跟着到来。其中，以容妃的赏赐最为丰厚。一只通透的翡翠手镯，一条圆润光滑的东海珍珠项链，一支白玉如意，另外还有些簪子首饰，总共十余件。另外还有些上好的滋补药材，说是给温意补身子的。

太后则送来千年人参，说是让王爷夫妇共同治伤。帝后的赏赐也都是药材，倒是皇后贴心，送来一只解闷的鹦鹉，十分有趣。

杨洛凡看在眼里，暗自嫉妒在心，只是面子上也不好说什么，拿出当家的风范，亲自谢过诸位宫人，巴望着宫人回去能多美言几句，她也落个好名声。

温意不能出去，只是心里也没闲下来，想起宋云谦那抹不快的神色，心里总想为他做点儿什么，毕竟，他会这样，全因为她。

傍晚时分，温意见到了传说中的神医诸葛明。

他在一抹斜阳夕照的红晕中走进门来，温意迎面看过去，夕阳在他身后形成一道光环，如此背光，却也瞧得清他的模样。一个成语在温意脑中跳出来：温润如玉。

他说不上极其俊朗，但五官柔和；身高六尺左右，由于偏瘦，更显得高挺颀长。他身穿一袭青衣，腰间垂着一只金色绣青竹香囊，落落大方地站在门前，蹙眉环视了一下，便轻声命身后的药童去打开窗户，然后才微微欠身："诸葛明见过王妃！"

温意回过神来，微笑道："诸葛神医。"

诸葛明微微颔首，含了一抹浅笑，道："谦让我来为王妃治伤。"他称呼宋云谦为"谦"，如此亲密，可见是好友，但是他却称呼温意为王妃，生疏程度可见一斑。

温意了然，微笑道："有劳神医了。"

诸葛明走到床榻前，小菊便急忙端来椅子请他坐下，他欠身点了点头，还没开始诊治，便见一道翩然的身影闪了进来，未见其人便闻其声："诸葛哥哥！"

诸葛明没有回头，却含着一抹笑意道："你如今已经是王府的柔妃了，怎么还能叫我诸葛哥哥？一点儿规矩都没有。"他的声音，含着一抹明显的宠溺，仿佛在跟自己的妹妹说话一般。

来人正是柔妃杨洛凡，她飞快地走到诸葛明身边，笑道："这一声'哥哥'，我便是当真要喊一辈子的，你若不高兴，不理睬我便是。"杨洛凡竟有几分撒娇的口气，眉目明快。

诸葛明只含笑摇头，道："没在屋里照顾谦，过来做什么？"

"我刚去了厨房命人炖下了参汤，听闻你来了，便急忙过来了。"

"嗯，你先回去照顾谦，我马上过去。"诸葛明挽起衣袖，柔声道。

"我等你一同去。"说着，杨洛凡便找了一把椅子坐下来。

诸葛明便不说话了，面容恢复了淡漠，方才那一抹温柔浅笑已经收敛，侧头道："帮王妃挽起裤管。"

"是。"小菊应了一声，帮温意挽起裤管，露出腿上的伤口。诸葛明只瞧了一眼，便倒吸一口凉气，他进门的时候见温意坐在床上，精神奕奕，还以为她只是千金小姐的无病呻吟，闹闹脾气什么的，却没想到这伤口竟然已经溃烂。他蹙眉道："之前一直都没上药吗？"

温意道："之前御医曾为我上药，只是不知道为什么，这药敷上去，越发溃烂得快了。"

杨洛凡凑过来一看，立刻掩住嘴巴，怕是下一秒就要干呕出来。

诸葛明摇头道："如今，先得把发脓的部分清理了，会有些疼，王妃忍忍就是。"

他吩咐药童取来药箱，从药箱里取出一把小巧精致的匕首，然后放进一瓶液体里浸了一下，取出来再用火掸了一下，温意好奇地看着他，问道："你这瓶是什么药水？"

诸葛明淡淡地道："消毒用的。"

温意眸光一闪："消毒？自制的？"

诸葛明嘴角有一抹疏冷的笑："王妃请放心，无毒的。"

温意知道他误会了，连忙道："我不是……"

诸葛明却没有听她解释，道："王妃，请转脸过去，会有些疼，我尽量仔细着。"语罢，命小菊和嬷嬷去扶着温意，以免她因为疼痛乱动。

小菊抱着温意，身子微颤，她也背过脸去不敢看，见温意还没转脸，便连忙道："郡主，莫要看，看了更疼。"

温意从未觉得伤口疼痛，若不是还能行动自如，她甚至会怀疑这腿上的神经已经坏死了。她就这样用学习的态度看着诸葛明下手，他的手很灵巧，匕首在他手中仿佛有生命似的，落在那些发脓的地方，轻轻一刮，一扇，一块锦缎轻轻一印。

诸葛明见温意动也不动地看着他下手，甚至连呻吟都没有，便抬头看她，迎进她漆黑的眸子，心中有些奇怪，他若是没有记错，王妃从前是晕血的，如今……竟没有丝毫感觉了？就算没晕血症，这样刮伤口，也是十分疼的，有时候连一个铁骨铮铮的将士也禁不住会呻吟几声，她却像是完全没感觉，仿佛那腿是别人的。

"不疼吗？"诸葛明禁不住问了一声。

温意想说不疼，但是这么大的伤口，若说半点儿都不疼也太奇怪了，便微微蹙眉道："可以忍。"

诸葛明不禁心生佩服，这种疼可不是一点儿。

杨洛凡皱眉道："伤口怎么会变成这样？你没上药吗？按理说御医开的药方都是对症下药的。"她怀疑温意是故意引人关心，毕竟苦肉计是杨洛凡常用的招数，此刻便以己度人了。

温意没瞧她的脸色，还以为她是出于关心，遂轻声道："大概是吃东西没有忌口，发炎了，不过也没什么，总会好起来的，你不用担心。"

诸葛明闻言，淡淡地扫视了她一眼，手下也没停下来，半响，擦了擦汗吩咐道："这几日不要碰触到伤口，若不是十分疼，也可以下地行走，让血气运行加速伤口的愈合。"

温意便眉开眼笑起来，道："这话你得跟王爷说。"

如今诸葛明都这样说，那她就不必困在床上了，至少，她可以琢磨给宋云谦弄一辆轮椅。

诸葛明微微颔首："王妃请休息一下，在下明日再过来为王妃换药。"

"有劳了，小菊，送诸葛神医。"温意此刻心情大好，连送客都感到兴奋。

小菊手心冒汗，手脚还有些发软，刚才见到诸葛明为温意清理伤口，那场面只消一想，都禁不住颤抖，眼下只得整理情绪，恭敬地道："诸葛神医，请。"

杨洛凡跟着诸葛明出门，走了几步，她忽然回头看着温意道："若想王爷放心，还请姐姐早日养好身体。"

温意瞧着她的面容，看似关心的话语，竟带了一丝怒气，心中一思忖，便知她的用意了，于是淡淡地道："劳妹妹惦记，姐姐一定会尽快好起来的。"

争宠？她还真的不想，她承认对宋云谦改观了，但还不至于爱上他。就算真有那么一天，她也不会想去破坏别人的感情。

宋云谦坐在临窗的椅子上，瞧着窗台上开得正艳的蟹爪菊，背影有些落寞。

听到脚步声，他微微转头，收敛了一脸的落寞伤感，问道："她怎么样？"

"伤口清理了，上几日药应该可以结痂。"诸葛明拉了一张椅子坐在他身旁，轻描淡写地说着，瞧了宋云谦一会儿，问道，"你情绪还好吧？"

宋云谦淡淡地道："有什么好不好的？日子总是要过，连你也说本王的双腿以后都无法治愈，本王的心也不存半点儿希望，过一天算一天吧。"

诸葛明有些难受，叹息了一句，道："天下良医这么多……"

"可是谁能比得过你？"宋云谦嘲笑，"连你也治不好，谁还有把握？你何必再说些冠冕堂皇的话来哄本王？你我多年好友，实在没有必要。"

诸葛明摇摇头："并非是哄你，也不是要安慰你，只是听说镇远王妃之前中毒难产，竟有御医懂得开刀的法子，这种方法十分危险，处理不当，是会母子双亡的，说真的，我自愧不如。所以我觉得你还是留在宫内，找那位御医为你治疗，至少还有几分把握。"

宋云谦并未同诸葛明说过此事，此刻抬眸道："你只知其一，不知其二。"

"哦？"诸葛明一愣，"莫非另有内情？"

宋云谦还没说话，跟在诸葛明身后的杨洛凡出声道："你说的那位御医，就是我姐姐。"

诸葛明惊愕："你说王妃？"他看着宋云谦，眼里有不敢置信的骇然。

宋云谦微微点头，良久才出声："据我所知，她是不懂医术的。"

杨洛凡插嘴道："这点我也可以做证，姐姐从没学过医术，她只是自小体弱，家中候着专门的大夫，不过她从没跟这位大夫学过医术，而且那大夫自小逼着她喝药，她很是讨厌那位大夫。"顿了一下，她又猜测道："会不会她是从书本上学来的？坊间也有很多医书，那位大夫就时常带着许多医书供随时参考，她看过也是有可能的。"

诸葛明沉吟片刻，道："到底有没有跟那位大夫学，只有她自己才知道。再说，她可以开刀生子，证明她的医术很高明，并非是一朝一夕能学会的，这本事也绝对不是从书本上能够看来的。"

宋云谦问道："开刀生子一事，于你有几分把握？"

诸葛明无奈地笑了一声，俊美的脸上带着一丝惭愧："实不相瞒，一分把握也没有。"

宋云谦便不再说话，转动着手上的玉扳指。

"王妃，似乎变了甚多。"容貌没变，但是瞧着她眉宇间的神情，似乎跟以前不一样了，是怎样的不一样，诸葛明也说不出个所以然来，只是给人的感觉，就是判若两人。

宋云谦嘴角扯出一抹温暖的笑，只是那么一瞬间，他又恢复了如常的神色，抬眸看杨洛凡，道："洛凡，你先出去，本王有话跟诸葛说。"

杨洛凡心下一沉，脸上却扬起天真的笑意："有什么话要瞒着我的？我就不出去，得听听你们是不是要说我的坏话。"

宋云谦便有些不悦了，沉声道："本王是爱嚼舌根之人吗？"

杨洛凡见他认真了，也就不敢再闹，只是到底有些不甘心，瞧了诸葛明一眼，希望诸葛明能为她说句话。诸葛明一向疼爱杨洛凡，自是不忍叫她委屈，便道："也罢，不必什么事都瞒着她。"

诸葛明与宋云谦十分友好，平日里只要诸葛明开口，宋云谦是断没有拒绝的道理。但是今日，他竟像是铁了心，正色对杨洛凡道："本王说了，你先出去。"语气有几分不耐。自他受伤以后，他常常用这种口吻跟杨洛凡说话，杨洛凡心里已经很是焦躁，如今见他连诸葛明求情都不听，心里便更是难受，却也不好逆他的意思，只得带着一脸的不情愿退了出去。

诸葛明叹息一声："你明知道她对你的心意，何苦这样对她？"

宋云谦沉默了一下，道："不知为何，她自从嫁入王府之后，似乎跟以前的洛凡有很大的分别。"

诸葛明一愣："怎么说？你这一说，活像姐妹俩都换了个人似的，我离京一段时间，到底发生了什么事？你快说与我听。"

宋云谦便从杨洛衣在卧室点燃熏香，使他昏迷不醒的事开始说起，一直说到入宫，遇上镇远王妃中毒难产，再到离京去天狼山找灵草的事情，点点滴滴都说与诸葛明听。当然，中间也包括了杨洛凡对洛衣的挑衅以及设下的种种陷阱。

很多事情，他不说不代表他不知道，开始的时候，宋云谦确实认为是温意刁难洛凡，只是调查之后才知道，竟是洛凡多番刁难。这让他有点儿难以接受。但那时喜欢杨洛凡是真的，只希望她是一时之气，毕竟，争风吃醋的事情寻常百姓家都会发生。

诸葛明惊诧得半天都合不拢嘴。

最后，宋云谦没底气地开口："我在民间走动的时候，听过换面之术。"

宋云谦摇摇头："不，在性子改变之前，她未曾离开过王府，而且，这到底是江湖传说，没有人亲眼见过。"

诸葛明怔忡地道："那么，还真无法解释这种情况。性子或许可能因经历而改变，但是医术，尤其高深的造诣，非一朝一夕可达成。"

宋云谦眼里闪过一抹忧虑，"究竟是怎么回事呢？"他想起温意的改变，似乎是从下迷药开始的。她以前虽然也经常试图引起他的注意，却从没用过这种不堪的手段，想来，一定是发生了什么事情，让她下此决心。

宋云谦又问："你今日见她，可有什么异样？"

诸葛明道："我方才为她清理伤口，她眉头都不皱，我瞧见了，也不禁心生佩服！"

"她似乎真的不怕疼……还有一件事情，就是那日本王从水中救她上来之时，已经呼吸全无，当时本王心中已经做了最坏的打算，知道就算我倾尽全身的功力，也是救不回她的。但在本王晕倒之后醒来，却看到她活生生地站在本王身边，当时她全身都是伤口，却没听她喊半句疼。"宋云谦想起那时，心中依旧有一丝后怕。

"对了，皇孙也是她救的？我为皇孙诊断过，以我的能力是毫无办法的。"

"没错，安然其实已经到了最后关头，宫中的御医也都放弃了，父皇也悄悄命人准备后事，却想不到，洛衣进去一遭，安然竟然活了过来。谁也不知道她用了什么法子医治安然，据当时的御医说，皇孙不曾服过药。"

"这就奇怪了！"诸葛明一脸震惊，"这不用药……莫非是用针？可曾有人见她用针？"

"你说的是针灸？"宋云谦摇摇头，"并未听闻，当日在安然房内，只有容妃娘娘一个人在，但我听下人说，她诊治的时候，让所有人都出去了。"

诸葛明更是困惑，无人在场的情况下，除非是她有十足的把握，否则，一旦皇孙出事，全部的罪名就都担在她头上了。她到底是胜券在握还是孤注一掷？

"其实我猜测，她开始的时候应该是没有把握的，否则不会在皇孙殿下临危之际才出手。若她并无十足的把握，此举便十分冒险。"诸葛明从进屋开始，眉头就一直紧紧锁住，此刻抱着手臂，频频叹息。

"从开刀生子到天狼山取灵草，哪一件不危险？说到危险，本王倒是觉得最危险的要数她去求父皇收回成命。洛衣竟然为一个获罪的御医求情，前去午门阻拦行刑，你知道，父皇圣旨一下，哪有更改的可能？记得当初梁英一案，父皇下旨斩梁英，百官求情，在千元殿外跪了一宿，父皇愣是半点儿不心软，还把一众求情的官员全部降级。"皇权不可挑战，一个女子，真不知她是不知道害怕，还是真有这么大的胆子。

只是，纵然有这么大的胆子，她犯得着去替一个御医出头吗？那人与她，并无半点关系，素日里也无往来，除非不想活了，不然谁会这么做？

诸葛明脑子里忽然蹦出一个词，他脱口而出："物伤其类！"

"什么？"宋云谦愕然，"怎么说？"

诸葛明思绪有些混乱，若说"物伤其类"，也应该不准确，除非，她本来就是一名医者。但是杨洛衣自幼在侯爷府内养尊处优，嫁入王府，贵为王妃，深得皇后宠爱，是真真的贵人也。这种出身，性子本来就会孤傲清高，有点儿能耐更把自己看得比天还高。若有人因为医疗失当而遭受处置，她应该是冷笑旁观才是。

至少，依照他以前认识的杨洛衣的性子，是不会这样做的。

第十一章 小菊受刑

木棉篇：倾世医妃 ①

两个大男人，在房间里研究温意，足足研究了大半日。

温意却命人取来纸笔，托腮回忆轮椅制造方式。所幸在医院工作，轮椅是每日必见之物。

画了大半日，终于赶了出来，只是有了图纸还不够，还要有能工巧匠为她打造。她找来嬷嬷问道："京中有巧手的铁匠吗？"

嬷嬷茫然地摇摇头："这个不太清楚，不过之前听说过小晴的爹是做铁匠的，只是不知道功夫如何。郡主您要找铁匠做什么？"

"小晴？"温意的记忆很好，很快就想起这个小晴就是那日被她掌掴了一个耳光，后来还被杨洛凡赶出府的那个丫头。

"你们不是说，她因为娘亲病了没钱医治吗？她爹既然是铁匠，应当能赚不少银子才是。"温意这一句出口才显出些无知。

嬷嬷"扑哧"一声笑出来："我的郡主啊，一个铁匠能赚什么银子？顶多一月两钱，您知道现在看大夫拿药多贵吗？穷人得了病，若家中贫苦，就是等死了。"

"这样啊……"温意沉思了片刻，伸手招来小菊："小菊，你躺在床上。"

小菊不明所以："郡主要做什么？"

温意露齿一笑："我与嬷嬷出府找小晴，你在床上躺着，一旦王爷遣人来问，也不至于露馅。"

小菊与嬷嬷吓了一跳："出府找她做什么？若让王爷知道，只怕又要生出事端了。"

"所以才让小菊假扮我啊，放心，天黑之前一定回来。"温意说着，便跳下床，吓得嬷嬷连忙扶着她，"我的郡主啊，仔细您的伤口。"

"别耽误时间，我找小晴的爹有事。小菊，你找一身你的衣裳给我，我换了马上出去。"温意让嬷嬷去跟屋外打扫的丫头交代几句，让她们别露馅，转身就已经脱下她的锦缎绣花长裙，等着换她的丫头服饰，小菊还想劝说，此刻只好作罢，急忙取了衣裳伺候温意换上。

温意是个雷厉风行的人，想到便做，半点儿拖延不得，当下便拉着嬷嬷出府去了。

只是，任她如何掩饰，她的身高到底比小菊高出许多，衣不称身，十分怪异，此刻反引人注意。经过庭院的回廊时，正好被杨洛凡身边的丫头春凝看见了，见她乔装打扮，春凝便急忙回去禀报了杨洛凡。

杨洛凡自然不能放过这种机会，片刻不敢耽误地领人去查探究竟。有伤在身的人如何能健步如飞地出府？莫非是装的？只是那伤口是她亲眼所见，除非，连那伤口都是造假的，否则，如何会在清理伤口的时候，一点儿疼痛感都没有？

小菊战战兢兢地躺在床上，她是不担心杨洛凡的，因为杨洛凡如今轻易不敢来犯，若说来看望郡主，是断不可能的，没下毒就算好的了。所以，她只是担心王爷遣人来查问，也怕屋外的丫头应对得不宜，被人瞧出了端倪。如今王爷的脾气不大好，若被他知道郡主不顾伤势，偷偷出府，只怕会雷霆大怒。

正担忧着，便听闻屋外响起了脚步声，然后听到丫头有些慌乱的声音："参见柔妃娘娘！"

小菊双腿一蹬，身体僵直，连忙拉起被褥蒙住自己的脑袋，身子控制不住地发抖。柔妃怎么会来的？她今日不是陪诸葛神医来过了吗？

"王妃呢？"杨洛凡的声音淡淡地响起，自有一股威严。

丫头的声音有些慌张，支支吾吾地道："回柔妃娘娘，王妃刚睡下，吩咐了……不许打扰。"

柔妃语调淡漠，道："开门。"

小菊在里头听得心惊胆战，只觉得丫头似乎是跪下了："柔妃娘娘，王妃吩咐过，不许任何人打扰！"

"你敢拦柔妃娘娘？是王爷吩咐娘娘过来问候王妃的，王爷还命柔妃带了话过来，你一个洒扫的丫头，竟也敢拦柔妃的路？不要命了你？"是春凝的声音，恶狠狠地砸在空气中，有几分狐假虎威的势利。

小菊的心当场凉了半截，带着王爷的命令来，即便郡主在，亦是拦不住的。

门陡然被推开，有人走了进来，小菊拉紧被褥，身子瑟瑟发抖。柔妃的厉害，在侯爷府的时候她已经见识过太多次了，表面善解人意，背地里阴暗毒辣，处罚下人的手段，简直是数不胜数。

"姐姐？"柔妃的声音在小菊头上响起，带着一丝嘲弄与不屑。自然，她已经知道床上的人，不会是她姐姐。

小菊咬紧牙关，没有作声，更不敢动弹，只一味地装睡，盼着她会自行离开。

春凝是亲眼看着温意出府的，哪里会容许小菊蒙混过关？虽不知道床上的人是谁，但是她十分笃定不会是王妃，所以也不怕冒犯，当下就伸手掀开被子，小菊整个人直接被掀翻滚到地上，此刻连忙跪好，发抖着道："奴婢参见柔妃娘娘，柔妃娘娘恕罪！"

杨洛凡怒喝一声："你好大的胆子！王妃的床榻，你一个丫鬟之身也敢睡？简直无法无天，来人啊，把这冒犯主子的丫头给我打入暗室！"

小菊吓得魂飞魄散，暗室是王府专门用来惩治犯了严重罪行的下人，入了暗室，是即便不死也脱层皮的。长跪不让起来就不说了，还要受刑，健壮的小厮都熬不过两日。

小菊惨白着脸，连连磕头求饶："娘娘饶命啊，奴婢再也不敢了。"

杨洛凡伸手拦住欲上前的下人，冷声问道："王妃去哪里了？你若如实说，我还能饶你一次，若心存侥幸，就休怪我手下无情。"

小菊知道杨洛凡憎恨小晴，自然不敢说温意去了哪里，只摇头哭道："奴婢不知，郡主只说要出去一趟，奴婢不敢问郡主的去向。"

"不知道？"杨洛凡柳眉倒竖，冷然道："真是个忠心护主的好奴才，我也不为难你，这便去请示王爷，看王爷如何处置你！"

小菊闻言，吓得脸色煞白，连忙哀求道："侧妃请息怒，万万不能告知王爷，郡主她……"

"她什么？"春凝弯腰，狰狞着脸，狠狠地掐了小菊的大腿一下，疼得小菊龇牙咧嘴，"还不快说？"春凝怒吼一声，又加了一脚，刚好踢在小菊的小腹上，小菊疼得直不起腰来，却哪里敢呻吟半句？脑子一片凌乱，竟想不出半点儿主意，失口就道："郡主去找小晴了。"

杨洛凡银牙一咬，冷峻问道："她去找那贱人做什么？"她心中暗恨，在宫内之时，说得是如何大方，以后不会跟她抢王爷，如今才刚出来，伤还没养好，就巴巴地去找小晴，企图戳穿她当日故意陷害一事，好狠毒的人。

小菊摇头："奴婢不知。"

杨洛凡面色一沉，对身后的小厮道："给我狠狠地掌嘴！"

一名壮实的小厮即刻站了出来，问道："娘娘，掌多少下？"

杨洛凡冷道："掌到她愿意说为止！"

小菊被两名仆妇拽住，跪倒在地，小厮上前，扬手左右开弓。

宁静致远的午后，有鸟儿飞过天际，徒增了一丝和气。而这室内，尽是残毒冷酷，小菊连续被打了十几个耳光，嘴角、鼻子都溢出血来。

那小厮有些于心不忍，下手也轻了些，连续又打了几个耳光，转身问杨洛凡："娘娘，还继续吗？"

春凝上前，推开小厮，怒道："娘娘没说停下，你问这么多做什么？瞧你手软脚软的，没吃饭吗？"说罢，她冲到妆台上，拿起一把木尺，声声脆响打在小菊脸上。这木尺本是嬷嬷用来裁衣的，比起一般的尺子还要厚些，一尺打下去，小菊的脸上当场便多了一道血痕，连续几下，小菊那白润的小脸已然肿得不堪入目。

屋外的丫头，见此情况，也顾不得被责骂了，连忙冲进来为小菊求情。

杨洛凡见小菊被打成这样，心中的气也出了些，便冷声道："今日打你，一则，是因为你以丫头卑贱的身份，躺在王妃的床榻之上，是冒犯亵渎；二则，是明知道王妃身上有伤，却任由王妃出府，一旦王妃出了什么事，你担当得起吗？因而这一顿打，便要惩戒你护主不力。你心里若不服，一同去王爷面前理论，只是王爷要如何处置，我便不能担保了。"

小菊心中委屈至极，只是此刻连大气都不敢出，眼里噙着泪不断磕头请罪："不敢，奴婢感念柔妃娘娘惩戒，奴婢心中并无半点儿不服。"

杨洛凡满意地点头："那就好，管住自己的舌头，莫要四处搬弄是非，若有半点传到王爷耳中，你知道后果如何的。"

小菊俯首，颤抖着声线道："奴婢知道，今日之事，是奴婢犯错在先，娘娘惩罚奴婢，亦是为了正王府风气，奴婢定当铭记，日后不敢再犯，亦不敢在王爷和郡主面前说半句。"

春凝扬起嘴角，冷冷地道："心里果真是这样想便好，娘娘仁慈，不打你入暗室，你当谨记娘娘的恩德才是。"说罢，扶着杨洛凡，恭谨地道："娘娘，咱们走吧，王爷还等着您呢。"

杨洛凡"嗯"了一声，姿态高冷地离去。

小菊瘫软在地，掩面抽泣。可即便哭，也不敢放声大哭，只怕这杨洛凡随时折返回来。

丫头们扶起她，安慰道："小菊姐姐，不要难过了，王妃回来一定会为你出头的！"

小菊立刻止住哭泣，连连摇头："今日之事，你们千万不要跟郡主说起。如今难得王爷对郡主好了一些，若此刻因为我，让郡主跟柔妃起争执，王爷一定又会不待见郡主，再说，今日之事，分明是我们有错在先，王爷曾说，不许郡主外出，要好好养伤的。若王爷知道郡主不听命令，只怕又要生气了。"

丫头担忧地道："只是，纵然我们不说，柔妃也会跟王爷说的。"

小菊想想也是，随即忧愁地道："这可如何是好……"顿了一下，又道，"王爷知道郡主私自出府，肯定会生气，若郡主再为我跟柔妃起冲突，破坏王府的安宁，只怕会更生气，所以，今日柔妃责打我一事，无论如何都不要说出去。"

丫头瞧着小菊肿胀的脸，道："就算不说，王妃也能看见你的脸，到时候一查问，肯定知道你挨打了。"

小菊从怀里取出手帕，往脸上一蒙，眼里含着泪水，却轻笑道："我说我出风疹了，你们也代为掩饰，能骗过去的。"

丫头们见小菊如此委屈，心中也不好受。只是王妃好不容易才与王爷缓和了关系，连带着他们芷仪阁的人也一扫往日的憋屈，在府中有了说话的分量，自然不愿意再让王爷与王妃再起矛盾，恢复往日的冰封状况。

只是，想到小菊白白受了顿打，心中都愤愤不平，好生安慰了一番，又取了药为小菊抹上，哄得小菊也十分感动。

芷仪阁，从未有过如此团结的时候。

且说温意与嬷嬷离开王府，买了些东西便寻路去往小晴家里。嬷嬷其实也只记得大概。结果兜兜转转，寻了大约一个时辰，才打听到小晴家的位置。

小晴的家坐落在京城以北一个十分偏僻的地方。温意边走边感叹：想不到，繁华的京城，竟然也有如此贫困的地方。

小晴的家，是木棚搭建的，简陋且危险。温意和嬷嬷来到门前的时候，正好看见小晴端着一盆水走出来，抬头看见温意与嬷嬷站立在门口张望，不由得有些愕然。只是心中依旧记恨温意，若非是这矫情的王妃，她也不至于被赶出王府。

所以，她立于门前，并不躬身行礼，今时今日，她已经不是王府的丫头，见到温意，小晴的脸上没有刻意的迎合，只微微屈膝道："贵人临门，有何贵干？"

嬷嬷正欲出口责骂，温意拦了下来，温和开口："你叫小晴是吧？别误会，我们没有恶意，只是来拜会一下伯父。"

小晴见她语气温和，并且出口就称呼她爹为伯父，还真有些不知所措，倒也不好再口出恶言，只欠身道："王妃若不嫌弃陋室，请进来坐。"

温意与嬷嬷随着她走了进去，说是陋室，倒也并非谦辞。很小的天井，东西摆放倒是十分整齐，晾着许多衣裳，衣裳倒也算不得华贵，只是也不是穷苦人穿的。

小晴见温意看着那些衣裳，便淡淡地道："这些衣裳，是我为人家洗的，赚些工钱。"

温意便有些愧疚起来，虽然小晴是咎由自取，但说到底，人生活在这世上，总有许多无奈，她也是身不由己。

走过天井，小晴掀开帘子，进入内室。一阵药味扑面而来，伴随着一阵难闻的臭气，嬷嬷当下便有些作呕，不得不转过脸去。

一厅两室，两间房对着开，所谓的厅，只有七八平方米，放了一张陈旧的桌子，三张竹椅，对着门口的地方摆放着一张神台，上面供奉着一个神牌。

药味和臭味是从左侧间传出来的，小晴兴许是闻久了这味道，面色丝毫没有变化，转身看到嬷嬷的脸色，才有些察觉地道："不如到外面坐吧。"

温意让嬷嬷把东西放在桌子上，道："我知道伯母身体不好，买了些补品，希望你不要嫌弃。"

小晴诧异地看着温意，说真的，她亲自来已经让她十分意外，更别说如此和气地跟她说话，并且还带了礼物前来，她也不是愚笨的人，知道她此番前来，一定是有所求的。她暗自猜测，莫非是想让她回去跟王爷解释当日之事？这是最大的可能，有时候女人为了争宠，可什么手段都用得出来。

小晴暂时不动声色，只静静地问道："王妃今日来，所为何事？"

温意转过身："方才我已经说了，是来找伯父的。"

小晴冷笑一声，因着她心里十拿九稳温意是来求她的，所以底气十足，气势也凛然起来，含着冷笑道："王妃何必拐弯抹角？来意直说就是，只要条件好，让我做什么都可以。"

小晴从来都不是一个清高的人，也不是一个仁慈的人，她要生存，要银子，有时候就要出卖自己的良心。

温意心思简单，只一心前来找小晴爹，所以也没想到小晴心中会生出这么多想法来，如今听她这样一说，当下便明白了小晴的念头，摆摆手道："你误会了，我确实是来找你爹的，我想你爹帮我打造一样东西，价钱不必担心，一定会比市面上的高。"

小晴瞪大眼睛："王妃找我爹打造东西？这满大街都是铁匠，为何一定要找我爹？"

温意慢声道："我要做的这个东西，有些难度，我怕外面的铁匠未必会接我这单生意。"

小晴默了默，抬头看着温意，因为劳累脸庞有些疲惫，长发微微凌乱，她轻声道："只要能赚银子，不管多难，我爹都能做到！"

温意展颜一笑，"那真是太好了，你爹呢？能否请他出来相见？"

小晴道："我爹马上就回来了，请王妃稍等，我真是礼数不周，你们来了这么久,我都没煮茶!"她说着,便急忙出去烧水煲茶。

小晴刚出去,便听到左侧房间传出一声呻吟,然后,一道沙哑的妇人声音弱弱地响起:"小晴……"她的尾音拖得很长,似乎很是痛苦。

温意愣了一下,便想移步进去,被嬷嬷拉住,嬷嬷轻声道:"仔细被传染,咱们也不知道她娘到底是什么病。"

温意道:"你在这里等我,我去看看。"嬷嬷见劝不过,便只能跟上。

房间很是昏暗,因为没有窗户,床前的一张小木桌上只燃了一盏如豆的油灯,勉强可辨室内的情况。

桌子很干净,放置着一个药碗,床前有尿壶和痰盂,各种气味混合在一起,空气十分憋闷,让人几欲作呕。温意朝气味来源看过去,只见床上躺着一个面容枯黄的妇人,头发散乱在枕头上,这八九月的天气,却盖着一条厚重的棉被,她的一只手伸出来,努力地想撑起身子瞧清眼前的人,双眼因为圆瞪,而显得有些突兀,嬷嬷心跳得厉害,这妇人,竟瘦得跟鬼似的。

温意伸手握住她的手,两指扣在她脉搏上,虽然温意对中医不甚精通,但是基本功还是有的。

听了一会儿脉象,只觉得她脉息沉绵而虚弱,黏重不继,便知道她身体亏损得厉害,那妇人出言问道:"你是谁?"

温意暖声问道:"老人家,你觉得哪里不舒服?"

妇人沉沉地叹了一口气,虚弱地道:"我都说不要请大夫了,怎么还花这个钱?让我死了就算了。"

温意轻责:"世人皆求生,哪里有人求死的?老人家,你尽管说身体哪里不舒服。"

"你们在干什么?"小晴忽然闯进来,见温意坐在床前,拉着她母亲的手,便紧张地问道。

嬷嬷淡淡地道:"你娘亲方才唤你,王妃说要进来瞧瞧。"

那妇人听了嬷嬷的话,双眼瞪得老大,颤声道:"王妃?小晴,快……请王妃出去坐!这里……乱……脏……"因为说话过急,竟一口浓痰堵在嗓子眼,憋得她脸色发紫。

温意见她难受,连忙扶她起来,让她弯腰靠在自己的大腿上,伸手扫着她的后背,又回头命小晴取些暖水来。

小晴见温意如此,早愣住了,听到温意的话,连忙回过神来,取来桌面的一碗水,想接过自己的母亲,温意却伸手接过水,喂小晴母亲喝了下去。小晴母亲一直退缩,怕自己弄脏了温意的衣裳。温意扶住她,道:"老人家,先喝口水!"

小晴母亲惶恐得不得了,手忙脚乱地推了一番,终究还是逆不过温意,就着温意的手喝了水。

如此,小晴的态度便完全谦卑了下来。当着她母亲的面,跪下给温意请罪,诚恳道:"昔日奴婢陷害王妃,一切都是柔妃娘娘指使,奴婢不敢逆柔妃的意,只得违背良心,做了许多对不住王妃的事情,请王妃责罚。"

温意扶起她,道:"那些事情,我从没放在心上。"

小晴见她如此大方,心中更是愧疚,这种大方与豁达,像一股甘泉,慢慢地流淌进她心里,冲击着她一贯认定的原则。

温意问起小晴母亲的病,小晴叹了一口气,缓缓开口:"娘亲的病由来已久,自我哥哥被人打死之后,她经常心神恍惚,愁眉不展。那日下田,因瞧见了哥哥昔日放在田间的草帽,一时忆子成狂,一路跑去哥哥的坟墓,被别人家的牛顶了一下,整个人翻倒在地,左腿裂了一个大口子,血流不止。当时请了大夫,但是伤口时好时坏,治疗的时候,因下了重药,伤了根本,大夫诊治过,也没说具体的病情。只是每日呼吸困难,左手麻痹,胸口疼痛,有时候发作起来……就跟将死之人一般。开药对我们这种家境来讲实在太贵了,并且要上好的人参吊命,一旦发作,就要用人参片压于舌底,方能缓过去。"她顿了一下,瞧了温意一眼,轻声道:"柔妃娘娘也知道这个情况,所以,她每每用人参来威胁我……"

接下来的话,她便说不出口了,只惭愧地垂着头。

温意如今算是了解了她的苦衷,叹息道:"也难为你了。"孝顺的人,根本不坏,只是有时候迫于无奈。

温意回头对嬷嬷道:"我这次出宫,宫内赏赐了一棵千年人参,你明日给她送来。"语罢又转头问小晴,"腿上的伤口,是不是一直发炎发脓?"

小晴连连点头,"是。"

温意想拉开看,但是被小晴阻止了:"王妃莫看,看了会害怕的。"

温意笑道:"不会。"她往日里见得太多了。

只是不只小晴不让看,小晴的母亲也是死活不愿王妃看她的伤口。温意不想让老人家惊惶,只得作罢,道:"罢了,我明日让御医过来。"

小晴骇然地看着温意,平平淡淡的一句话,对小晴来说,却如同聆听到了福音,她当下跪下来，哭着道："奴婢这条命，以后就是王妃的了，王妃有什么吩咐，奴婢万死不辞！"

温意见她动不动就下跪有些无奈，小晴还是板着脸有趣些，她语重心长地道："你不需要感谢我，我这样做是有条件的，那就是要你爹为我做事。"

小晴双眸含泪，感激地瞧着温意，就莫说让御医出宫治疗了，单单那千年人参，就已经值得她爹为温意做十辈子的工了。小晴心中明白，王妃这样说，是为了让她好受些。

过了一会儿，小晴的爹回来了，知道一切之后，他满脸感激，恭谨地接过图纸，瞧了一下，随即眼前一亮，"这种，是不是叫轮椅？"

这下换温意愣住了："你知道？"

小晴爹道："小人见过，之前有一位公子来过，他推着一把这样的椅子来我们店里，让我们代为镶嵌轮子，而且他那把椅子十分有趣，推动方便，还能左右上下升降，真不知道他是如何做出来的。"

站立轮椅？天啊，温意愕然，竟然在这个年代就已经有了站立轮椅？据她所知，在现代，国外才刚开始研制出站立轮椅，轮椅可以升高，让人呈站立状，但是造价不菲，还没有大肆推行。

"这位公子在哪里？能否带我去找他？"温意急道，她心中暗暗有些期待，或许，她找到的不只是一辆轮椅，还有同是天涯沦落之人！

"好，好，那轮椅如今放在店里，我们掌柜的亲自出马为他做好铁轮和铁线，那公子说今晚来取，现在赶去，应该还来得及！"小晴爹立刻站起身，带着温意匆匆出门了。

路程不远，小晴爹一脚刚踏进店门，便赶忙开口："掌柜的，陈公子来取轮椅了吗？"

掌柜眸光落在衣衫华贵的温意身上，见温意容颜出色，打扮高贵，也不敢怠慢，道："刚走，这位贵人是？"

小晴爹道："这位夫人也想打造一把那'轮椅'，不说了，我们先去追陈公子。"

说着，便领着温意与嬷嬷急匆匆往外走。

一路疾行，小晴爹见温意能够跟得上，也就没有放慢脚步，他虽然暗自惊诧深闺里养尊处优的王妃也有这样的体力，但是并未问出口。

终于，在西街转角处见到一辆马车缓缓地行进。

小晴爹神色一喜，连忙喊道："陈公子，请稍等！"

第十一章 小菊受刑

马车徐徐停下,小晴爹急忙跑过去,马车里的人缓缓掀开帘子,道:"铁匠大叔,怎么了?"

温意也跟着上去,她瞧着眼前这个身穿青色锦服的男子,眉目清朗,一头短发,因着短发怪异,便绑了几条玄黑色的锦带,看上去,有些狂傲与疏朗。最重要的是,他胸前用银链挂着一颗子弹,"子弹"!这年代有吗?

温意瞧着他的短发,无端便湿了眼眶,她看着男子,轻声道:"这位先生,能否留个电话号码日后联系?"

那男子愕然,定定地瞧着她。

西街一般很静,没什么人来,因为附近都是老宅,居住的人并不多。

男子伸出手:"以前叫朱文,现在叫朱方圆!"

温意握住他的手:"本名温意,现在是杨洛衣!"

两只手交握在一起,阳光从他们头顶砸下来,因着即将傍晚,斜阳带了一份温和,更带了一份厚重,两个互不相识的人,竟生出一种老乡的感觉来。

他们身上,散发着一种浓重而伤感的喜悦,很矛盾,但是看上去又很和谐。

是嬷嬷的大手上前将两个人分开,嬷嬷叉腰,怒视着朱文:"大胆狂徒,竟敢轻薄我们王妃!"小晴爹也是十分意外,愣愣地看着眼前一幕。

朱文含笑看着温意:"恭喜,都混到王妃了?"

"不说废话,你的轮椅,能不能让我看看?"温意想起这茬,要叙旧,这里绝对不是好地方,现在天色已晚,不知道府内会不会发生什么事,王爷若派人来了,府中的丫头是否能够应付过去也不得而知。

朱文亦是正色:"你家里有残疾人?"

"我家王爷,为了救我,伤了腿,我本来已经画好了轮椅的图纸,找小晴爹帮我做,结果他一看图纸,就说见过,真是万幸。"温意说话的语速十分快,也有些乱,她实在太开心了,他乡遇故知啊,虽然算不得故知,也不知道他们二人是否有些不得而知的联系,总归知道坠入这古代梦境的不止她一人,是件天大的喜事。或许他们二人能够找到醒来的方法,总归,一定是件好事。可眼下不是想这些的时候。

"为了你?竟然有这么重情重义的好男人?"朱文闻言,十分欣赏,想了一下,道,"这样吧,轮椅你先拿走,我回去再做就是,反正,我也不是急用,只是做好放在家里备用而已。"他说到最后,语气有些黯然。

"备用?为何要轮椅备用?家里有病人吗?"温意觉得奇怪,又见他神色不好,便多问了几句。

朱文道:"我义父重病在身,马上就要不良于行了,只是目前还能勉强走路,不过大夫说了,过了年,双腿大概就再也无法走路了。"

温意关心地问:"怎么会这样?是什么病?"

朱文道:"实不相瞒,我义父是武将,你知道朱千秋吗?"

温意摇摇头:"不知。"

倒是旁边的嬷嬷惊诧地道:"朱公子说的可是朱老将军?他病了吗?"

温意问嬷嬷:"嬷嬷知道?"

嬷嬷笑道:"朱将军啊,谁不认识?朱将军还曾经是王爷的师父,当年,两位王爷都是跟朱将军学习骑射的。朱将军战功彪炳,有功于朝廷,如今虽然解甲归田,但是名望很高,如今朝廷中得力的武将,全是朱将军以前的旧部麾下,连皇上对朱将军都敬重有加。"

温意惊叹道:"原来竟这么有来头啊,那他有病在身,怎么不请宫内的御医为他治疗?"

朱文叹息道:"义父性子要强,英雄暮年,岂会轻易跟人说?他在外人面前,总是一副强壮的模样,每每应诏入宫,都是最佳的状态,哪里肯露半分弱态?他倒也不是说有什么病,只是年轻的时候征战沙场,受伤无数,落下了病根,如今年老,就全都体现出来了,这轮椅你先取走,我回去重做就是。"

温意黯然,美人迟暮,英雄晚年,都是叫人感慨万千的。

她谢过朱文,道:"既然如此,谢谢你了,我改天去找你,'有些事'到时候见面再说。"

朱文"嗯"了一声:"好,那我等你!"

朱文让温意和嬷嬷上了马车,顺便送他们回府。温意见到"老乡",又得到轮椅,心中欢喜,只想着一会儿如何劝宋云谦用这轮椅,却浑然没想到,此时此刻,府中因为她出府的事情,已经掀起了惊涛骇浪。

第十二章 『老乡赠椅』

马车回到王府,朱文为温意搬下轮椅,问道:"要不要我送进去?"

温意道:"不用了,我一会儿让家丁出来帮忙,这一次真要谢谢你了。"说着,她握住朱文的手,感激不已。

朱文笑道:"行了,一路上你都说了无数次'谢谢'了。"

温意瞧着他,欢喜地道:"你又不收我钱,弄得我怪不好意思的,改天请你吃饭。"

朱文笑道:"笨蛋,你以为这里是我们的乡下吗?我跟你单独出去,只怕要招人话柄的。"

温意也笑了:"古人的确麻烦。"

嬷嬷站在温意身边听着两个人说话,心中着实费解,一时乡下,一时古人,真不懂他们在说什么。只是她想到郡主最近总是奇奇怪怪的,看不懂也不是一次两次了,便也就没放在心上。

目送朱文的马车离去,温意这才转头,看着嬷嬷,忽然伸出双手抱住嬷嬷,欢喜地道:"嬷嬷,我好高兴啊!"

嬷嬷愣住了,随即笑道:"我的傻郡主,有什么事这么高兴啊?不就是一把椅子吗?还是铁椅子,王爷兴许还不坐呢。"

温意粲然一笑:"你不懂了,我高兴的不仅仅是这个轮椅,还因着见到的人……"

一道凛然的声音从身后传来:"哦?见到什么人这么高兴?跟本王说说。"

温意脊背一阵僵硬,太大意了,竟然忘记从后门回去。

她慢慢地转身,脸上堆满笑容,讨好地看着坐在门口的宋云谦,道:"王爷怎么出来了?"

宋云谦脸上没有什么表情,冷峻的眸光扫视了她一眼,淡淡地道:"王妃能出去,本王就不能出去吗?"

温意听他语气,知道他是生气了,看了宋云谦身后的诸葛明一眼,辩解道:"是诸葛神医让我多走动的,说是可以促进伤口愈合,我也只是遵医嘱。"

诸葛明淡淡地道:"在下只是让王妃在府内走动,并未说过让王妃外出。"

温意恍然道:"原来如此,但是你也没说清楚,我以为你让我出去走走,是出府走走呢。"

宋云谦"哼"了一声,冷冷地吩咐下人:"抬本王回去。"

第十二章 "老乡"赠椅

　　下人抬起宋云谦的椅子，往府内走去，温意连忙跟上，走了几步，回头对嬷嬷道："嬷嬷，命人把椅子搬去王爷的屋内。"说罢，急忙跟在宋云谦身后。

　　回了屋，宋云谦生气地看着她："你跟着来干什么？本王瞧见你就烦。"

　　温意坐在他面前，恳切道："对不起，我不该偷偷出府的。"

　　宋云谦本来是一肚子火的，但是见她放软姿态道歉，心中的气已经消得差不多了，只是依旧板着脸，冷冷地道："你没有对不起本王，身体是你自己的，死了也和本王无关。"

　　下人抬着轮椅进来，放在房间内，见气氛紧张，也不敢逗留，关门出去了。

　　此刻屋内，便只剩下温意与宋云谦了。

　　温意听他这样说话，只道他还在生气，遂软声道："不要生气了，我也不是偷跑出去玩了，我想给你做一辆轮椅，好方便你在府中活动，你看，我都带回来了。"

　　宋云谦看了那轮椅一眼，到底是男人，对新鲜事物特别有兴趣，也就顾不上生气了，好奇地问道："轮椅？有什么用？"

　　温意笑了笑，起身坐在轮椅上。宋云谦看着温意双脚踏上踏板，然后转动轮子，轮椅竟然动了，而且十分灵活，前进后退完全没有难度。

　　温意想起小晴爹说可以直立的，伸手摸索了一下，右侧有个铁棍，还分几个挡位，伸手一拉，提升到第一个挡位，轮椅轻轻升起，但高度不算高，她想再拉高一点儿，却发现无法拉动了。

　　她起身，蹲下身子研究了一下，发现弹簧不够好，无法升高，而且设计也不够完美，就算拉伸得起来，椅子也会后倾，或许会造成很大隐患。她摇摇头，道："不行，我要找人改良一下。"

　　宋云谦见轮椅如此好用，心中欢喜，连忙道："扶本王过去试试。"

　　温意抬头道："先不要用，还需要改良。"

　　"不用，本王先试试。"宋云谦见可以自己转动椅子，并且能够前进后退，完全不需要假手于人，心中好生欢喜，哪里还愿意等？

　　温意只得伸手扶他，她虽然身材高挑，但比起宋云谦还是显得瘦小，所以她要完全抱住他的腰，用尽全力才能扶他过去。

　　宋云谦坐在轮椅上，温意教他转动轮椅，他开始不是很习惯，转动了几下，就完全熟悉了，竟在原地转起圈来。

温意见他笑得这么开心,也很高兴,坐在椅子上定定地看着他。

宋云谦停下来,迎上温意柔和的眸子,心中一动,一股暖流从心底升起,伸手招她:"过来。"

温意依言起身,走到他身边,还没开口发问,宋云谦便拉着她的手顺势一扯,温意整个人跌在他身上。

温意满脸通红,挣扎着要起来,他却抱着她,低声道:"不许动!"

温意抬眸看他俊美的容颜,心头鹿撞,怦怦乱跳。

"能跟本王说,你叫什么名字吗?"他忽然话锋一转,却依旧带着几分柔情问道。

温意愣住了,脑袋一阵轰鸣,她手忙脚乱地起身,笑着挥手,"王爷不要说笑了,我叫什么你还不知道?"

宋云谦凝视着她,忽然笑了:"傻姑娘。"

"王爷还是不要开这样的玩笑,吓得我以为王爷失忆了,想立刻叫御医呢。"

"好,以后不开玩笑了,看你吓得脸色都白了,"宋云谦转动轮椅,来到她身前,伸手拉她的手,让她坐在自己面前,真诚地道,"本王要跟你说一声谢谢。"

温意瞧着他,嘀咕道:"你也会说谢谢?还真是太阳从西边升起。"

宋云谦凝视着她,忽然柔声道:"本王也没那么清高的。对了,还记得在山上的时候,你跟本王说过一个鬼故事吗?本王一时忘记了那鬼故事的主人公叫什么名字,你还记得吗?"

温意愣愣地瞧着他,不明白他是什么意图。

宋云谦坐直身子,斜睨着她:"你也不记得?那这个故事肯定是杜撰的,还说什么身边的人亲自经历,骗人!"

温意也学他坐直身子,也斜睨了他一眼:"谁说我不记得的,那人叫温意。"虽然今日的他有些奇怪,但是,她也还是顺着他去说了。

"温意,温意……"他轻柔地念着这个名字,他依旧凝视着她,眸光柔得叫人心动,原来,他用这种语气唤她的名字,真的很好听。

他忽然微笑道:"以后,本王叫你温意,好吗?"

温意心跳加速,"为什么要叫我温意?"

他凑近她,在她脸上亲了一口,道:"因为,你是我的瘟疫!"

"啊?"她怔愣地看着他,"我是你的温意?"

"没错,一场瘟疫!"他哈哈大笑起来。

温意瞪圆眼睛看着他，咬牙切齿地道："你才是瘟疫，你才是我的瘟疫！"

宋云谦绵长地叹息一声："若本王也是你的瘟疫，那么，本王也荣幸。"

温意有些惘然，这句话，代表些什么呢？她忽然很惆怅，心想，温意啊温意，你不会真的爱上他了吧？那岂不是做了人家的第三者，横亘在他与杨洛凡之间？只是，想起他刚才亲吻她的时候，她还是禁不住心头如鹿撞，面红耳赤。

温意一整晚都有些心神恍惚，吃了饭之后，就一直坐在窗前托腮走神，伸手拨弄着窗边的牡丹叶子，神思恍惚间，竟把叶子全部摘了下来。

小菊蒙着面纱，与嬷嬷站在门口，偷偷地看着温意，她悄声问道："郡主怎么了？她今日一回来就一直坐在窗边发呆，不是王爷又骂她了吧？"

嬷嬷没能跟进房间里，自然不知道里面发生什么事，她想起在府门口的时候，王爷很是生气，郡主被痛骂了一顿也不是没可能。她叹息一声，道："其实郡主也是为了王爷，为了那轮椅，郡主今日都不知道受了多少委屈。"在嬷嬷眼中，郡主金枝玉叶，却要对着小晴一家低声下气，还跟小晴道歉，真是十分委屈。

嬷嬷瞧了小菊一眼，问道："你今日为何一直戴着面纱？郡主没在，王爷与柔妃的人有没有来过？"

小菊别过脸，道："没有，没有来过。"

嬷嬷与小菊相处的日子不短，小菊的一举一动哪里瞒得过嬷嬷？她盯着小菊一会儿，道："好，你不说我出去问丫头。"

小菊连忙拉着她，轻声道："嬷嬷，不要问，免得惊动了郡主。"

嬷嬷拉住她："那你说，今天是不是出事了？王爷问罪于你？我就奇怪了，王爷为何会在门口等郡主？肯定是知道郡主出去了，他有没有责罚你？"

小菊拉着嬷嬷至廊下，缓缓地脱下面纱，眼泪一下子就流下来，哽咽道："不是王爷，是柔妃来了。"

嬷嬷倒吸一口冷气，小菊的脸肿得老高，脸颊上还有血痕，一张如花似玉的小脸，活生生被打成这样，嬷嬷怒道："她怎敢如此放肆？你好歹也是郡主的近身丫头，她这样欺负你，莫非就不怕王爷问罪？"

小菊抽泣着道："她何曾怕过？王爷如此宠爱她，就算今日我们没有犯错，她照打不误，再说，今日也确实是郡主隐瞒王爷偷偷出府在先，怨不得她拿着这事处置我们。"

"今非昔比，如今王爷眼里可不是只有她了。"嬷嬷一直怜爱小菊，如今见小菊被打得这么惨，心疼得不得了，比打在自己身上还难受。

小菊拉着嬷嬷，道："小声点儿，一会儿郡主听见了，少不得要为我出头的，如今难得王爷跟郡主和好了，咱们别多事。再说，此刻郡主不开心，若再为此事惹恼了王爷，得不偿失。"

嬷嬷瞧着小菊，叹息道："难得你这么懂事，只怨我们芷仪阁没出息，这人家刚入府，就敢欺负到我们头上来了。"

"往日在侯府，明里暗里欺负得还少吗？只是往日郡主气性还更盛些，如今从宫里回来可就一味忍让了，有时候我瞧见柔妃这样欺负郡主，心里可难受了。"

事实上，柔妃也是侯爷府里的二小姐，但是小菊与嬷嬷一直伺候杨洛衣，自然亲近。杨洛衣在三岁的时候被皇上赐封为御晖郡主，而杨洛凡，则是没有封号，所以，只是侯爷府的二小姐，不是郡主。所以，小菊与嬷嬷口中的郡主，是专指杨洛衣，也就是温意。

而在她们心中，一直甘愿忠心守护的，也只有温意。

如今，两个人都惆怅不已，自然是想为主人争宠的，可也无能为力，王爷一再表示，他喜欢的人是柔妃杨洛凡，其实以杨洛凡的性子，如何担得起这"柔"字？

此刻，温意就站在她们身后，气得浑身发抖，小菊刚好转过脸来，她的脸在昏暗的光线下显得特别恐怖凄惨，好端端的娇俏人儿，竟被打成这个样子。

小菊手忙脚乱地蒙上面纱，垂头喊了一声，然后急急解释："郡主怎么出来了？我今日不小心扑下石级，所以整张脸都跌伤了。"

小菊与嬷嬷都不知道温意如今的听力十分敏锐，廊下虽然与温意所在的窗边有一段距离，但是她二人的对话还是落入了温意的耳中，开始的时候她没留神听，后来听着不对味，便急忙出来瞧。

温意怒声道："好啊，杨洛凡竟敢欺负我的人，难道这段时间对我的友好都是装出来的！我还以为她转了性子，却想不到她压根就没放弃过要对付我。她要对付我冲着我来便是，动我身边的人算什么？"说着，温意气冲冲地要去找杨洛凡。

小菊与嬷嬷连忙拉住温意，小菊哀求道："郡主莫去，这事儿算了，确实也是小菊冒犯在先，王府里尊卑分明，小菊以卑贱丫头的身份躺在郡主的榻上，难怪人家大做文章的，此事就算闹到王爷跟前，也是咱们没理。"

温意跺脚："谁说你们卑贱了？我又哪里高贵了？大家都是人，一样的地位，一样的身份，我难道比你们多几条胳膊吗？我不管，我也不是好欺负的，往日里跟她客气,只是不想她为难你们,并不代表我怕她。再说,是我命你躺在榻上,若说王府的规矩如此,要受处罚的是我不是你,她要打,就打我!她分明是知道打不着我,找你们出气,我怎么能要你白白忍痛?"

小菊闻言,当下感动得垂泪,拖着温意道:"郡主如此待小菊,小菊受多少的苦、挨多少痛也不觉得苦。只是,这打也打了,若再因此事闹到王爷跟前,让王爷与郡主好不容易建立起来的关系破裂,那就是小菊的罪过,小菊会内疚死的。"

温意见小菊哭得梨花带雨,一张小脸更显得凄惨。她这个年龄,放在现代也就是初中生的年纪,正该是受人宠爱的时候,如今跟在她身边,却要受尽委屈,忍受毒打。她只觉得一口气堵在胸口,吞吐不得,难受死了。

眼下,寻仇不是最要紧的,安慰好小菊让她不至于落下心灵阴影才是要紧事。她叹息一声,道:"往后,我若不在府中,她若来找你们麻烦,你们就关紧门,不出来就是,有什么事情等我回来处理。瞧你被打成这个样子,我这心里难受死了。"

小菊"嘤嘤"地哭着:"郡主,您对小菊真好。"

温意扶着她,坚定地道:"这芷仪阁的每一个人,即便是洒扫的丫头,都是我的人,谁也不能欺负!"

那些丫头小厮们站在温意身后,皆感动肃然。

劝了小菊回去,温意躺在床上,越想越难受,不管如何,若杨洛凡恨她,打她就是,何必打一个孩子?她爬起来,门外无人守夜,因着她不许,所以下人们一般都只是守到子时,就去睡觉了。

温意偷偷打开门,蹑手蹑脚地出去。

出了芷仪阁,她几乎是一路直奔杨洛凡的飞凌阁。

飞凌阁内灯火昏暗,想来杨洛凡已经睡下了。温意径直冲进去,守夜的小厮看到是她,急忙上前拦阻,温意一脚踢开寝室的门,怒道:"杨洛凡,滚出来!"

下人们急忙掌灯进来,光线陡然盈满整个房间。

首先映入眼帘的,是她送给宋云谦的轮椅。

她整个地蒙住了,手足冰冷。

帐幔掀开,一张熟悉的脸出现在帐幔后面,他只穿着白色寝衣,半露胸膛,眸光如电,在瞧清来人的面容时,他也怔愣了一下,愕然道:"这么晚了,你过来做什么?"

温意只觉得一股热浪直冲眼眶,她无法控制自己眼眸里的错愕,无法掩饰面容上

的震惊，她嘴唇微微颤抖了一下，满腔的愤怒皆化作悲伤。

温意纠结一整晚的事情，原来早已有了答案。

真的是一场瘟疫，他之于她，真的是一场瘟疫。

杨洛凡披衣而起，青丝披肩而下，有些凌乱，却更添了几分妩媚，衣衫略开，露出姣好优美的锁骨，风情万种却又有些迷茫地看着她，似乎对这一变故有些惊愕。

心如同被针刺一般，疼得让温意一时无法呼吸，伴随着心疼，腿上的伤口也开始尖锐凌厉地痛了起来。温意几乎站立不稳，这从一开始就没痛过的伤口，却为何偏偏是在此刻疼起来？她难堪地转身，只想尽快逃离这里，她怕自己再留一会儿，会做出什么难以收场的事来。

温意一口气跑了出去，跑得很远，坐在庭院里喘着粗气，方才所见的一幕，一波波地冲击着她的头脑。用了很长的时间，她才冷静下来。

这一切，和她有什么关系呢？人家是夫妻，日后还要生儿育女，她一直都是多余的那个人，一直都是。

只是，他心里有杨洛凡，不该来招惹她。她傻乎乎的，竟为了一个吻，失神了一个晚上。可这又能怪他吗？她也是明知道他和杨洛凡真心相爱，却傻傻地示好，首先要怪的，便是管不住心的她自己。

温意不敢说自己是无辜的，因为她确实对宋云谦心动。她咬住嘴唇，不让自己哭出来，只是眼泪却控制不住地滑落。

"你哭了？"声音从她面前传来，是诸葛明。

她胡乱地擦了一下脸，别过头，鼻子不通气地闷闷道："你哪只眼睛瞧见我哭？我沙子入眼了。"她用力扯住自己的衣袖，泪水刚擦掉，又不断地掉下来。

诸葛明坐在她身边，凝视了她一会儿，道："其实，你不该难过。"

"你多事！"温意猛地抬头，有一簇火光在眼眸里射出，因着眼眶里还盈满泪水，没有什么气势，更显得波光潋滟，"我什么时候难过？我为什么要难过？"

诸葛明递给她一块手帕，叹息道："何必嘴硬？我又不是不知道。"

温意倏然站起，愤愤地要离开。

诸葛明伸手拉住她的手臂，柔声道："瞧你，说不哭，眼泪却还是掉下来。"伸手为她抹去脸上的泪痕。

温意一惊，猛地退后一步，惊疑地看着他，"你……你别以为我不知道，这里是男女授受不亲的。"

第十二章 "老乡"赠椅

诸葛明笑了："你想哪里去了？为你擦一下脸，会是什么？"诸葛明嘴上这么说，可心里忽然尴尬起来，方才见她哭，他确实有过那么一瞬间触动，为她擦泪，也是冲动所致。

温意仔细想想，也并无不妥。只是，这动作太过亲昵，就算他无心，她也会想歪。

温意道："我要回去了，诸葛神医也早点儿休息吧。"她迈开腿，觉得腿上的伤口一动就疼，她站定身子，弯腰拉起裙摆，再挽起裤管，一道鲜红的血液从腿上流下来，她愕然，什么时候扯动了伤口？记得方才并未碰撞的。

诸葛明蹙眉："怎么回事？你的药呢，之前不是为你敷药了吗？你怎么这么不小心，你伤口已经是反复发炎，如今还流血了，你又摔过吗？"

温意仔细回想了一下，也觉得奇怪，她压根就没碰过伤口，怎么会无端地破裂还流血了呢？她摇摇头，如实道："我没碰过，也不知道为什么会忽然流血，刚才还好好的，不过也不用担心，这会儿疼，过一会儿就没感觉了，这段时间老是这样。"

诸葛明疑惑地道："伤口这么深，怎么会没感觉？之前我为你治伤，你也一点儿不疼吗？"

温意放下裙摆，也不隐瞒地道："没有感觉。"

诸葛明沉思了一会，道："走，我为你止血。"

温意摇头，"不用了，我自己会处理。"说着，便要回芷仪阁。

诸葛明一把拉住她，微愠："你自己的身体也不爱惜不在乎？莫不是吃醋吃疯了？"

温意一愣，明白了他的意思，面容顿时漫上一层阴郁，冷冷地道："你不觉得你管得宽了点儿吗？我是死是活，与你有什么关系？"话出口，觉得自己有些狗咬吕洞宾，诸葛明也是为了她好。只是听到他说那句"吃醋吃疯了"，她就觉得很刺耳，她已经一再地忽视刚才所看到的事情了，他却偏要提起。

只是，再怎么样，也是不该对人口出恶言的。自小庭训甚严，她也不是个没教养的人，尤其对方还是好意，所以，在诸葛明面容变色之时，她轻轻地道："对不起，我不该冲你发火。"

诸葛明刚刚还觉得，她那句气话出口时的确是杨洛衣的性子，可她突然道歉，还真让他不知如何反应。他瞧着她，淡淡地道："可以给你处理伤口了？"

温意含着泪光温然一笑，道："有劳。"

诸葛明搀扶着她回到自己的屋内，他经常在王府留宿，宋云谦为他准备了清静的

院子,他倒是十分喜欢,便总是留在王府不回家。

清洗伤口的时候,温意疼得冷汗直冒,她咬着牙忍着痛,身体微微轻颤。自从进入梦境,除了第一日,就没有这样痛过,如今这种痛酣畅淋漓,倒也叫她明白自己还是血肉之躯。

包扎完毕,她轻声道了声"谢谢"。

诸葛明泡了一壶茶,道:"若不想回去,可以在这里坐坐,你若说话,我是最好的听众,你若不愿意说,可以看看书。"

"书?"温意爱书才叫疯狂,听闻立刻四处张望,却没看见这里有什么书本。

诸葛明起身走到屏风后,伸手收起屏风,便现出一个大书架,上面陈列着起码有上千本书。

温意面容一喜,急忙站起来,一瘸一拐地走过去:"天啊,竟大部分都是医书!"温意欢喜得不行,抽出其中一本,便又急急地回到椅子上坐下来,如饥似渴地翻看起来。

诸葛明摇头轻叹,原来对她来说最好的安慰不是言语,而是医书。

本以为还能听到点儿心底话,好猜测她的身份来历。其实,他与宋云谦都已经认定,她不是杨洛衣,只是不知道她是谁,又是从哪里来的,为何会以杨洛衣的身份生活在王府里。

这是一个谜,要解开,绝非是一时三刻的事情。

只是,眼前这个女子,值得他们用这个心思去慢慢寻找答案,不是吗?

他看着温意翻页飞快,有些质疑她是否真的在看,便凑上去问道:"这么快就看了这么多?你确定都看了吗?还是这本对你来说没有吸引力?"

温意面容生光,之前的悲伤一扫而空,她喜悦地道:"不,这书很好,我现在才知道中医果真博大精深,后世因有了西医,对中医便不重视起来,导致很多高深的医术失传,可惜……"

"后世?西医?"诸葛明一脸深思地看着她。

温意愣了一下,这才意识到自己说错话了,只是目前也无暇辩解,只道:"我推测的,你有事就忙,没事你也看书去。"

言下之意,是让他不要打搅她了。

诸葛明显得有些自讨没趣,静静地退回到书架旁,取出一本书,依偎着书架翻阅起来。只是,书本的吸引力,远不如温意丰富的表情来得有趣,他一直留意她的神

情,她时而惊叹,时而深思,时而怀疑,完全沉浸在一个新的世界里。

而在飞凌阁里的宋云谦,却久久没有回过神来。

温意刚闯入飞凌阁的时候,他确实很生气,很难堪,因为今晚他会出现在这里,完全是个意外。今日与她分开之后,飞凌阁的下人便来禀告,说杨洛凡身体不适,叫了御医去看过,御医说她忧虑过度,郁结在心。他知道杨洛凡担心他,又想起这段时间对她的态度着实有些恶劣,加上温意刚送来轮椅,他觉得新奇,便想出去走走。

他去看杨洛凡,留宿在这里也不为过吧?但当他见到温意闯进来的时候,是生气,也尴尬,不知道如何自处的时候,便出言呵斥了。在看到温意脸上的伤痛时,他有些手足无措,竟有那么一瞬间觉得自己做错了。

但是,他知道自己没有做错,杨洛凡是他的侧妃,他和她在一起,有什么过错?

虽是这样想,但是心里到底觉得不安。

杨洛凡伏在他肩膀上,幽幽地道:"姐姐大概是吃醋了!"她当然知道温意今晚来不可能是为了这个,今日她打了小菊,温意一定会找上门来,所以,她今晚特意安排了这一场戏给她看。

宋云谦瞧着杨洛凡,她脸上有隐忍的委屈,叫人我见犹怜,他悄然叹息一声,已经伤了温意,不能再伤了洛凡,遂安慰了几句,倒是没有如杨洛凡所料那样,责骂温意。

杨洛凡只觉得自己的一颗心一直沉下去,她这般讨好安慰,宋云谦却没有半句责骂那女人的莽撞失礼,可见那女人如今在他心中的分量,已经非同往日了。

温意在三更才抱着一大堆书回了芷仪阁,小菊和嬷嬷都快急死了,想让人过去打听,但是飞凌阁那边没有任何消息传出来,只听说王妃来过,而且王爷也留宿飞凌阁,但是事情如何发展,没有人知道。

嬷嬷与小菊听闻王爷也在飞凌阁,担心得不得了,怕温意冲撞了王爷,如今见她平安回来,嬷嬷连忙拉着她问:"郡主,王爷可有责罚?"

温意仿佛这会儿才想起这事儿来,脸色微怔,心底的酸楚又漫延开来,她淡淡地道:"没责罚,嬷嬷,你为小菊涂点儿药,这小脸看得叫人怪心疼的。"

嬷嬷应下了,见她神色怪怪的,又追问了一句:"王爷真的没责罚?柔妃有说什么吗?"

温意把书横七竖八地放在桌子上,然后搬来一把椅子,放上软垫,心不在焉地道:"没说什么,你们去吧,不必守夜,我看会儿书就睡。"

嬷嬷与小菊对视了一眼，见她什么都不愿意说，也猜到一定有些事情发生了，往日里郡主最不爱看书，现在竟然抱了一大堆书回来熬夜也要看，想来这事儿也不轻。

两个人只得叮嘱了几句，就退了出去。

温意稳住心思，强迫自己不去想今晚看到的一幕，对她来说，现在没有什么事情比这堆医书更吸引人了。

诸葛神医之书

第十三章

温意一夜没睡，她找到一本《百毒传》，这本书有很多断页，内容有些不连贯，所以诸葛明没有细看，在温意挑中这本书的时候还建议她丢下。

温意研究了一晚上，发现空缺的地方算不得是断页，她看过装订，没有脱页，而且这本书并非是手写的，内容在翻页的时候通常连不上，虽不知是何原因，但她认定绝非是诸葛明所言的"断页"。

温意看了一夜，终于在鸡鸣的时候瞧出了端倪。

或许是太过兴奋了，温意抱起书直冲进诸葛明的屋子，下人拦都拦不住，诸葛明刚好在换衣裳，见温意冲进来，吓得他手忙脚乱地钻进屏风后面，喊道："你先别过来。"

温意却顾不上那么多，冲进屏风后，拉着他的衣襟把他拖出来，将书放在桌面上，兴奋地道："你试试分开一四七，二五八，三六九来读。"

诸葛明乃谦谦君子，温润如玉，哪里有过此等狼狈失礼的时候？只是听她这样说，也顾不得其他，连忙拿起书本，一边看一边惊讶道："果真如此！"

两个人靠着长榻坐下来，仔细地研究，诸葛明仍是不可思议道："这世间莫非真有这样的毒？而解毒之法，也着实叫人尴尬难堪。"用人粪做药引，真叫他错愕万分。

温意道："《本草纲目》也说人中黄可入药，这有什么奇怪的？"

"什么是《本草纲目》？"诸葛明是学医之人，对这些特别敏感。

温意愕然，"你竟不知道《本草纲目》？"

这到底是什么年代？温意以为这里是某个朝代比较偏远的国度，如今仔细想想，这里地处中原，应该不属于偏远小国，那么……就只能说这梦境果真是没有依据和条理的了。

"不知道，我从未听说。"诸葛明有些颓然，听她的语气，仿佛这《本草纲目》是每个学医之人都看过的，他竟然没有看过，枉他被人称为神医。

温意含糊地道："没看过不要紧，改日我给你找找。"若这个时代没有，自然是找不到的，而她虽然记忆力惊人，但是也不可能把整本《本草纲目》默写出来。

"好，你赶紧找给我。"诸葛明可是十分心急的。

两个人又埋头研究了许久，每看到一处令人惊愕的地方，都会不约而同地发出惊叹声。

温意在心底道：若居心叵测的人掌握了这些知识，要一个人无声无息地死去，真

是太容易了。

由于过度入迷,两个人都没察觉宋云谦来到。

他的轮椅没有发出任何声音,用了上好皮子裹着的轮胎,轻而巧,推动前进之时,听不到任何杂音。

他的声音在两个人身后响起,带着冰冷:"你们在干什么?"

此刻,诸葛明衣衫不整,温意的手搭在他的肩膀上,两个人的脑袋几乎凑到一起,听闻这声音,不约而同地抬头,竟撞在了一起。

诸葛明这才发现自己衣衫不整,连忙跳下长榻,一手整理衣裳,一边跟宋云谦解释道:"你不要误会,我们在看书呢。"

"看书?"宋云谦冷冷地看着温意,"清晨时候,你们衣衫不整地趴在长榻上,就只是看书?"

温意也跳了下来,面无表情地道:"何必跟他解释这么多?"

诸葛明便知道温意是在报复,他暗叹一句,你们小夫妻闹别扭,可别拖我下水啊。

宋云谦本来还十分生气,但是在听到如此刻意的话,又看到诸葛明一脸哀怨时,心中顿时明白了大半。他抬头看向诸葛明,诸葛明眯起眼睛轻轻地摇头,示意不要跟他做戏。

但是,宋云谦已经开演了。

他冷声道:"与本王无关吗?你别忘记你如今还是本王的王妃,当着本王的面就敢如此,本王还真的要把此事禀报父皇,治你们一个通奸之罪!"

诸葛明瞪大眼睛:"我与王妃是清白的,你若是把此事上告皇上,那我性命堪忧啊!"这二人是想利用温意的同情心,好叫她自个儿改口,然后让她忽略昨晚的事情。

温意瞧着两个人,仿佛当她是笨蛋一般,她好歹也是看戏长大的好不好!就算要演戏,拜托也要演得真实点儿,宋云谦要把此事告诉皇上,岂不是等同宣告天下他戴绿帽子了?而且,他与诸葛明这多年的好友,怎么会连这点儿信任都没有?

她瞧着宋云谦,道:"不必了,我立刻入宫跟父皇、母后请罪,是我勾引诸葛明的!"说罢,拿起长榻上的书就走。他这么爱玩,她就奉陪吧。

宋云谦与诸葛明面面相觑,诸葛明真怕她会入宫,连忙喊住她:"王妃,跟你闹着玩呢。"

温意头也不回地道:"我可不是闹着玩的。"

宋云谦转动轮椅,懊恼地道:"看什么?还不赶紧追?"

诸葛明推着轮椅,急忙追了上去。

温意一路小跑回到芷仪阁,跑了一圈,也冷静了下来。刚才说的自然都是气话,深究到底,其实她哪里有什么资格吃醋,宋云谦和她有半毛钱关系吗?

方才那样,岂不是告诉宋云谦,其实她很在意昨晚看到的事情?而她,最不应该的就是泄露自己的心事。

所以,当宋云谦与诸葛明追到的时候,她已经换了一张笑脸,道:"你们也太认真了吧?我也是闹着玩的。"

诸葛明握住拳头,觉得自己被这小两口戏弄了,他道:"你们打情骂俏,拜托顾及一下旁人的感受好吗?"

温意笑道:"哪里有什么打情骂俏呢?既然都来了,不如一起用早饭吧。"她云淡风轻地说着,仿佛之前放话要入宫的事情完全不存在一般,更不存在的是,她压根没吃过醋。

连宋云谦与诸葛明都觉得,方才发生的事情,仿佛是一场幻觉。

诸葛明道:"不了,我赶着回医馆,今日起个大早,就是为了早点儿回去坐诊的。"

温意双眸一闪:"医馆?你开医馆的?带我去见识一下吧。"吃醋伤神,且没有前途,她决定不浪费时间在这段无谓的感情上,要早日走出阴霾,最好的办法,是投入工作。

诸葛明瞧了宋云谦一眼,宋云谦下意识地摇头,诸葛明道:"这不是太方便,今日我要出诊,不能带王妃去,改日吧!"

说着,不等温意再度请求,他便急匆匆地走了。

屋子里只剩下宋云谦与温意,温意瞧了他一眼,用比较生疏的语气道:"王爷要不要喝点儿什么?我命人给王爷准备。"

宋云谦瞧着她,转动轮椅来到她面前,问道:"你生气了?"

温意笑了一下:"怎么会,有什么值得生气的,生活这么美好,不是吗?"

宋云谦知道她心里已经竖起了防线,此刻无论他说什么,都无法抹去昨晚她看到的事实。而他倒是觉得,自己在洛凡处留宿,是天经地义的事情。

只是,宋云谦虽然坚持自己没有做错,但是面对她的时候,心里还是有一丝心虚。

因着诸葛明没有带她出府,温意便在府中钻研《金针术》。她很努力遏制对宋云谦的感情,只把他当作一个病人来对待。

她针对宋云谦的伤势,在自己的穴位上扎了好多针,刺激穴位,当发现有效用的时候,她开始把针刺得更深一些,也更大胆一些。

宋云谦和杨洛凡的感情又恢复如初了,在花园里,总是能看到杨洛凡推着宋云谦走动。

宋云谦很少来找温意,即便来了,也只是问候一下温意腿上的伤势,并无二话,而温意也没有跟他太熟络,只是虚淡对应几句,便借故走开。

如此几次,宋云谦便有些生气了,他觉得温意没完没了地闹,很是厌烦。

诸葛明说她的脚伤一点儿都没有好转,前两日还流血了,宋云谦很是奇怪,只是连诸葛明都不知道为什么,他也很是担心,却无计可施。

这日,杨洛凡来跟他用餐,她有意无意地道:"有件事情,不知道当讲不当讲。"

宋云谦抬头看她,道:"你觉得不当讲,就不要讲。"

杨洛凡有些失落,他看似每日都与她在一起,但是,心却早不在她这里了。往日,他绝对不会这么敷衍她的。

最后,她咬咬牙,道:"我知道王爷担心姐姐的伤势,可我见姐姐行动自如,她自己还能动手医治,那日她屋子里的侍女还说她用刀子和针扎自己的伤口,扎得是鲜血淋漓。"

宋云谦愕然,猛地抬头问道:"你说的是真的还是假的?"

杨洛凡见他忽然动怒,显得有些手足无措,道:"是春凝那丫头听芷仪阁的侍女说的,那些侍女亲眼所见。不过,这也不奇怪吧,姐姐好像是忽然懂些神奇的医术,她应该是用些奇特的医术来医治自己的腿。"

宋云谦冷冷地道:"只怕她是用这样自伤的法子来争风吃醋,引本王注意。"

杨洛凡吓了一跳,连连道:"这怎么可能?姐姐不会这样做的。"

"最好是不要,否则不管她是谁,这王府都容不下她。"

宋云谦脑子里想象着她用针扎自己的伤口的场面,甚觉得恐怖。若她真是用这种手段引起他的关注,他会对这个女人彻底失望。

宋云谦回去之后,命小三子去芷仪阁查探一下。小三子是他的侍卫之一,负责晚上保护宋云谦。

当夜,小三子回来禀报说:"回王爷,确实如柔妃娘娘所言,王妃娘娘今日不断地用针刺双腿,包括她的伤口,而且,她烧红了刀子用来刮伤口。"

宋云谦怒不可遏:"果真如此!"

小三子迟疑了一下,道:"卑职其实十分不解,娘娘这样疗伤,却像感觉不到疼似的,而且她驾轻就熟,下针轻快准确,而且,并非都落在伤口上,所以,卑职觉得,娘娘这样做,大概是另有作用的。"

"有什么作用?"宋云谦神色微愠,"她的伤口迟迟没有结痂,连诸葛明为她医治都没有起色,分明就是她故意自伤弄成的。"

"只是,若说娘娘是为了争宠,可她并未在王爷面前说过自己的伤势,更没有因此要王爷垂怜。若说她费尽心思,不惜伤害自己为求怜爱,不如说她自残身体,意志消沉?"小三子猜测道。

那日晚上,温意脸上的悲伤他看在眼里,而接下来几日,她都足不出户,一直关在芷仪阁里,可见她心里其实还是很难受的。

宋云谦冷声道:"不管是什么原因,她这样做,就是耍手段。"他没有说出口的是,他心底认为,温意因为那日他与洛凡在一起,而故意赌气伤身,用这样的方式来抗议。

小三子心底叹息一声,问道:"那如今该怎么做?"

宋云谦黑着脸,沉声道:"不必管她,她爱怎么做就怎么做!"

小三子担忧地道:"但是,王妃每日这样下去,只怕迟早……"

"怕什么?那是她自找的。"宋云谦生气地打发了小三子出去,独自一个人生着闷气。

他很生气,气得几乎不想搭理温意。

他一直那么担心她的伤势,曾经下令她的伤口不结痂就不许下床,她大概知道他紧张,所以用这样的方式来引起他的关注。

之前对温意的那点儿好感,似乎在得知她自伤之后,荡然无存。连想起那夜她闯入飞凌阁见到他时的心虚,如今都没有了。

或许,她压根就还是杨洛衣。

诸葛明这个晚上也过来了,宋云谦与他说起这件事情,诸葛明闻言,十分诧异:"难怪她的伤势一直都没有好转,原来竟是因为这样。"

宋云谦有些颓丧道:"或许,我们一直都被她骗了。"

"所谓江山易改本性难移，就算她再怎么改变，不可能在短时间内改变得这么彻底。"诸葛明道。

宋云谦想起山间的一切，想起和她相处的点点滴滴，也觉得诸葛明的话是对的。但是，眼下他连自己都顾不来，何苦还要去管她是何原因与原来判若两人？

以前的杨洛衣，他不曾爱过，今日的所谓温意，好，他连她是不是叫温意都不知道。宋云谦有些意兴阑珊地道："算了，不必管她，她爱怎么做就怎么做吧。"

他双手放在膝盖上，揉了揉没有感觉的双腿自嘲道："本王自己就是废物一个，还管人家的伤势做什么？她若是杨洛衣，她害了可儿，就算她的腿废了，本王也不心疼。她若不是杨洛衣，怕只是一缕幽魂，那她因腿伤死了，也不过是归还原本，没什么可惜的。"

说这话，原本就十分薄情了，只是说完，他自己的心便隐隐作痛起来，仿佛温意似乎真的要尘归尘，土归土了。

诸葛明知道他再度颓废起来了，他好不容易因为这辆轮椅而有了生气，如今因着温意的自伤又消沉起来，他口口声声说不管她了，但是却被她牵动着情绪。人的心底都有一个盒子，藏着连自己都未必窥探得到的秘密，他大概也是看不清自己的感情的。

如此，过了几日，温意没有来找过宋云谦，而宋云谦更没有去找过温意。

但是，他依旧让小三子监视温意的行动，每日晚上来报。小三子来禀报一次，他的心就沉一寸。

这夜，因喝了些酒，听了小三子说她今日几乎整日都在用针刺自己的身体，不止双脚，连身上、头部都有。他听了，一身的酒气都散发出去，全身披着森冷的寒气，血液几乎凝固了。

他怒吼一声："她到底想怎么样？就是因为那晚本王与洛凡在一起，所以她要这样吗？"

小三子见他震怒，哪里还敢作声？只得退到一边，静默着不说话。

宋云谦越想越生气，竟伸手攀着桌子，想强自站起来，然而双腿却使不出力气，瞬间跌倒在地。小三子急忙上前扶起他，连连道："王爷，息怒，不必如此动气，若真的不想王妃这样，去看看她吧！"

小三子瞧了几日,都没瞧出个所以然来,也跟着认为温意这样做是为了得到王爷的垂怜或者是跟王爷斗气。否则,如何解释她为什么要这样做?

宋云谦怒道:"把这铁椅子丢出去,本王不要受她的恩惠!"

小三子吓了一跳,连忙道:"王爷休要斗气,这椅子巧夺天工,世上难得,是王妃千方百计为王爷寻来……"

"哪来那么多废话?丢出去砸了,本王不需要她的假好心!"宋云谦怒吼,青筋暴现,连嘴唇都在颤抖。

小厮们冲进来,瞧见此情此景,也都吓了一跳,小三子连忙道:"还不赶紧过来扶王爷坐下?"

小厮手忙脚乱地上来扶着宋云谦,本想扶他在轮椅上的,他却在刚靠近轮椅的时候,忽然一掌击出,用了七八成的功力,那轮椅当场就散成一堆废铁。

众人惊呆,小三子扶着他坐在太师椅上,急忙命人去请诸葛明。

诸葛明匆匆来到,在院子里便看见轮椅的尸骸,摇摇头,走进来叹息道:"你何苦拿轮椅出气?"

宋云谦脸色冷肃,看着诸葛明,"你医术这么高,给她一包毒药,让她马上死在本王面前。"

诸葛明瞧着他:"说这些气话有什么用?她要是死了,你比谁都伤心。"

"你说什么疯话?本王如今是厌恶她厌恶得不得了,她死了干净,免得本王瞧见心烦。"宋云谦恶毒道。

诸葛明打发了下人们出去,单独与他相对,直言道:"若真的无所谓,你就不会因为得知她自伤而这样暴怒了,你分明是在意她,却又不承认,在我跟前,你从没试过这么隐藏自己的心事,承认喜欢她,有这么难吗?"

宋云谦淡淡地瞟了他一眼,很不以为意地道:"你自以为很了解本王吗?"

"我不了解你,但是你也不了解你自己。"诸葛明道,"你不想承认,没有人可以逼你。"

宋云谦似乎是为了证明自己不是真的喜欢温意,喊了人进来,道:"你立刻备马车,本王要入宫禀报父皇,本王要休了她。"

诸葛明关上门,直直看着他:"好,我相信你不喜欢她,但是无端休妃,你想被人议罪吗?我承认,她这一次做得确实不够聪明,但是,无非也是想你多关心她。"

"若本王要关心她,她不做任何事情本王都会关心她。若本王不想关心她,她哪怕是死了,本王也不会看她一眼。你明日去给她疗伤,把此话转告她。"宋云谦冷冷地道。

诸葛明知道劝不住,也没打算再劝。否则再多说几句,只怕他连自己都要迁怒了。

第二日,诸葛明去给温意疗伤,打开伤口的时候,看到腿上密密麻麻的针孔,他叹息摇头:"你何必这样?"

温意一时不明白他的意思,疑惑地问道:"什么?"

诸葛明为她上药,道:"谦这个人,是受软不受硬的,他十分痛恨耍手段的人。"

温意手里捧着《金针术》,因为看得时间久了,书的封面已经破损,所以她让小菊用锦缎包裹然后缝上,所以,诸葛明并不知道她在看什么。温意一边看书,一边听诸葛明说话,难免有些分心,她"哦"了一声,便没有再说话。

诸葛明包扎好伤口之后,又问了一句:"方才我说的话,王妃都记在心里了?"

温意抬头看他,有些茫然地点点头:"记住了。"

他貌似是说宋云谦不喜欢耍手段的人,只是谁又会喜欢耍手段的人呢?这话真是无厘头得很。

诸葛明这才露出笑意,道:"我知道王妃是个聪明人,一定明白我话中的意思,王妃深爱谦,理应琴瑟和鸣,不该徒增太多戾气。"

温意放下书,抬头看着诸葛明:"你哪里看出我深爱他?"

诸葛明笑了笑:"那日王妃在飞凌阁看到谦在,你反应如此过激,若无真爱,又怎会如此?"

说起那日的事情,温意并无力反驳,那日确实不设防,所有的心情都暴露在脸上。此刻叫人道破,她也并无半点尴尬,只正色道:"我或许曾经有过那么一瞬间的迷惘,但是现在我很明了自己的感觉。"

"哦?"这下,轮到诸葛明不明白了。

温意淡然一笑:"说了你也不明白。"她低头看了一下自己的伤口,道,"包扎好了吗?其实你来不来都无所谓的,伤口一时半会,还不能结痂。"

"身体发肤受之父母,娘娘莫要用自己的身体作为斗气的工具。"诸葛明正色地道。

温意的注意力又倾注在《金针术》上,心不在焉地应道:"嗯,知道了,小菊,送诸葛神医出去。"

诸葛明摇摇头，他话已经说得这么白了，是否领会就看她自己了。

只是，像温意这么一根筋的人，就算是听进去了诸葛明的话，也不会轻易改变决定。她的心里只认准一件事：治好宋云谦！不论宋云谦待温意如何，她不会改变决定。这可能就是所谓的"医者仁心"吧。只是，温意却没想到，这一次或许要付上性命了……

——本季完——